Diesseits der Magie – 2
Durch die Welten

Lieber Leser,

ich danke Dir, für das Kaufen dieses Buches.
Ich freue mich, wenn es Dir gefällt.

Falls Du magst, gib mir gerne eine Rückmeldung.
Du erreichst mich unter meiner email-Adresse oder
meiner Telefonnummer

In meiner Bibliografie, auf meiner Webseite, findest Du
ein kostenloses E-Book "Auf der Suche nach Brutus".
Die Handlung knüpft an das Ende meiner
Diesseits der Magie -Reihe an. Downloade es gerne.

Ich wünsche Dir ganz viel Lesespaß.

Herzlichst Dein
Stefan

S. Nagel

Diesseits der Magie – 2

Durch die Welten

Von Schamanen, Geistern
und anderen Merkwürdigkeiten

Bibliografische Information der Deutschen Nationalbibliothek:
Die Deutsche Nationalbibliothek verzeichnet diese Publikation in der Deutschen Nationalbibliografie; detaillierte bibliografische Daten sind im Internet über **dnb.dnb.de** abrufbar.

Texte/Umschlag: ©Copyright by Stefan Hagedorn
Verlag: Stefan Hagedorn Moselstraße 16, 71679 Asperg hagedorn.
s89@gmail.com
www.Stefanhagedorn.com
Zauberer: pixabay.com/pendleburyannette
Zauberer Kopf: pixabay.com/10634669
Satz, Herstellung und Verlag:
BoD – Books on Demand, Norderstedt

ISBN:-978-3-7578-0345-2

06. September

Ich heiße Zwitschernder Sperling und ich bin ein Zaunreiter.

Zaunreiter bedeutet, dass ich mich zwischen den astralen Welten und unserer materiellen Welt bewegen kann. Ich führe diese Aufzeichnufngen für den Fall, dass mein Geist in den astralen Welten verbleibt oder mir etwas zustößt. Ich begebe mich auf eine Reise zwischen den Welten, um eine Freundin zu retten. Sie opferte sich, vor einigen Wochen, für ihre Freunde und Familie und ist nun eine Gestrandete. Als ich sie das letzte Mal sah, war sie von einem üblen Dämon besessen und ich konnte nicht herausfinden, wie es ihr ergangen ist. Ich muss sie und anschließend einen Weg in unsere Welt finden. Ich bin der Einzige der ihr helfen kann.

08. September

Ich saß wie so oft in meinem Tempel und trank Brennnesseltee. Dann schloss ich meine Augen und sang leise ein altes indianisches Lied. Mit der Zeit bemerkte ich ein Kribbeln in meinen Gliedern und ich versank in tiefe Trance. Als ich schließlich meine Augen öffnete, befand ich mich tief in einem hellen Wald. Ich rief nach Brutus. Brutus war mein Krafttier, ein Eichhörnchen mit Drachenflügeln. Nach ein paar Minuten kam er angeflattert, natürlich mit einer Walnuss in der Hand. »Sperli, Sperli, hallo. Wie geht es dir? Möchtest du eine Walnuss?«

»Hallo Brutus, nein danke. Mir gehts gut. Kannst du mir helfen?«

Er bewegte ganz schnell den Kopf hin und her. »Kommt darauf an, bei was?« Wir setzten uns auf Baumwurzeln und mein Blick wurde ernster. »Ich suche eine Freundin, sie ist hier in der unteren Welt gestrandet und findet wahrscheinlich alleine nicht hinaus.

Sie ist eine Hexe, eine Wicca.«

Er wirkte amüsiert. »Hehe, eine Wicca, gestrandet?«

»Das ist nicht lustig.«

»Und wie, zum großen Eichhörnchen, strandet eine Wicca in der unteren Welt?«

»Sie war von einem Dämon besessen, der Menschen Lebensenergie absaugte, um sich selbst zu stärken. Da sie ihn nur für eine bestimmte Zeit kontrollieren konnte, war in die untere Welt zu gehen und den Zugang zu versiegeln die einzige Chance, ihn aufzuhalten.«

Er lief schnell einen dicken Baum hoch und runter. »Also suchen wir nach einer besessenen Hexe?«

»Möglicherweise noch besessenen. Hast du einen Anhaltspunkt an dem ich ansetzen kann oder muss ich wen anders fragen?«

»Nein, musst du nicht. Ich muss mich nur schlau machen, du weißt schon, mit anderen Geistern sprechen.«

Er flog auf meine Schulter und wir gingen ein Stück spazieren.

»Ich danke dir, Brutus. Wann soll ich denn wiederkommen?«

Er schmiegte sein Fell an meine Wange. »In zwei bis drei Tagen, bring die Flügel mit, vielleicht müssen wir ein Weilchen fliegen.« Während wir unseren gemeinsamen Spaziergang genossen, streichelte ich Brutus liebevoll an Kopf und Rücken.

Nach etwa einer Stunde erwachte ich aus meiner Trance und öffnete die Augen. Ich werde morgen noch ein paar Erledigungen machen.

Hoffentlich findet Brutus eine Spur.

09. September

Ich ging zu »Miris Zauberallerlei« um meine Vorräte aufzustocken. Miri war wie immer sehr freundlich. »Hallo mein Lieber, was kann ich für dich tun?«

»Hallo Miri, ich bräuchte neuen Brennnesseltee, Räucherkohle, Räuchersand und Streichhölzer.«

Sie legte alles in einen geflochtenen Korb und reichte ihn mir. »Bitte sehr. Wie läuft's mit Ida?«

Ich bezahlte und gab Trinkgeld. »Danke, noch nicht viel weiter aber ich bin dran. Wie siehts bei den Hexen aus?«

Sie zuckte mit den Schultern. »Wie Hexen halt so sind, sie geben nicht viel preis.«

Ich hörte nämlich, dass die Oberhexe Gundula versuchte, ihre verlorene Mithexe mental zu erreichen, aber diese latenten Dominas lassen sich nicht gerne in die Karten schauen. Wir verabschiedeten uns und ich ging in Richtung Tempel.

Im Tempel legte ich mir noch alles zurecht, für die nächste Reise. Die Räucherutensilien bereitete ich vor, meine Entenfedern legte ich in Position. Diese brauche ich zum Fliegen in den Anderswelten.

Außerdem werde ich immer mein Notizbuch mitnehmen, um auch in den Anderswelten meine Aufzeichnungen fortzusetzen. Somit hatte ich wohl erstmal alles zusammen und dann trottete ich nach Hause. Morgen wird gereist.

10. September

Diese Nacht schlief ich sehr unruhig. Waren es böse Vorahnungen, oder war es einfach nur die Aufregung, die mich wachhielt?

Ich reiste, wie letztes Mal, in die untere Welt. Diesmal hatte ich zwei Entenfedern in der Hand, diese wurden in der anderen Welt zu Flügeln.

Ich traf Brutus erneut an einem Baum. Er flitzte wie wild hin und her. »Sperli, Sperli! Gut, dass du deine Flügel dabeihast. Wie ich schon vermutete müssen wir fliegen.«

Seine quirlige Art erheiterte mich immer wieder. »Gern. Wo geht's hin?«

Er knabberte kurz an seiner Haselnuss.

»Zum Alten Baummann, in die obere Welt.« Die obere Welt war ähnlich wie die untere, nur dass dort andere Wesenheiten lebten, aber man kann sehr gut von einer in die andere Welt reisen.

Ich breitete meine Flügel aus. »Flieg voraus, Brutus.«

Wir hoben ab.

Es war ein unbeschreibliches Gefühl zu fliegen. Ich fühlte mich immer so frei und losgelöst. Es war sehr warm doch der Flugwind kühlte uns angenehm. Wir flogen so hoch, dass ich den Boden nicht mehr sehen konnte. Weit über die weißen Wolken hinaus. Immer höher fliegend kamen wir dem Boden der oberen Welt immer näher und landeten schließlich sicher, wenn auch etwas holprig. »Guter Flug, Brutus. Wo lang jetzt?«

»Folge mir einfach.«

So ging ich ihm nach. Wir überquerten breite Flüsse, hohe Berge, weite Wiesen.

Wir kamen schließlich zu einem Wesen, welches Baumwurzeln und einen Stamm, aber auch einen menschlichen Oberkörper und Kopf hatte. Es hatte einen langen Bart, welchen es mit seinen Händen streichelte, als wäre er ein Haustier. Es sah Brutus an »Ahoh, ist das dieser Sperli, von dem du berichtet hast?«

Mein kleiner Begleiter nickte ganz schnell mit seinem Kopf. »Jipp, das ist Sperli.« Brutus zeigte von mir zum Baumwesen und wieder zurück. »Sperli, Lumpgarn. Lumpgarn, Sperli.«

Während ich Lumpgarn von meinem Vorhaben erzählte, tat er nichts weiter als sein Barthaustier zu streicheln. Nachdem ich fertig war sprach er mit seiner tiefen Stimme.

»Ich habe vor ein paar Monaten etwas von einer Hexe gehört.«

Hier in den immateriellen Welten vergeht die Zeit anders. dreißig Minuten in unserer Welt, sind ungefähr ein paar Stunden in dieser Welt.

Er sprach gemächlich weiter. »Es kann sein, dass sie noch hier oben irgendwo ist aber sicher weiß ich das auch nicht.«

Ich hätte mich am Kopf gekratzt, wenn ich keine Flügel gehabt hätte. »Kennst du irgendwen, der das wissen könnte.«

»Nein.«

Diese Antwort enttäuschte mich ein wenig. Ich ging mit Brutus ein paar Schritte. »Das hat uns nicht viel geholfen. Ich glaube wir sollten …«

Nächster Tag in den Anderswelten

Ich erwachte mit fürchterlich pochenden Kopfschmerzen und verschwommenem Gesichtsfeld.

Als mein Blick klarer wurde, erwartete ich meinen Tempel zu sehen, doch ich bemerkte schnell, dass ich mich immer noch in den Anderswelten befand. Meine Flügel waren hinter meinem Rücken an meine Beine gefesselt. Brutus war nirgendwo zu sehen. Zu meiner Verwirrung gesellte sich nun auch noch Panik. Ich wusste nicht wo ich war, wieviel Zeit vergangen und was passiert war. Alle Versuche mich zu befreien, führten nur dazu, dass sich die Fesseln immer tiefer in mein Fleisch schnitten.

Ich hörte klappernde Schritte hinter mir immer näherkommen. Stille.

Nach etwa einer Minute hörte ich eine tiefe wässrige Frauenstimme, hinter mir.

»Na, wen haben wir denn hier? Du musst Zwitschernder Sperling sein.« Sie fasste mir auf den Kopf und drehte sich so, dass sie vor mir stand. Sie war schlank, fast schon drahtig, hatte Giraffenbeine, sah ansonsten aber menschlich aus. Ihre zu Dreadlocks frisierten Haare schwang sie mit einer Kopfbewegung gekonnt nach hinten. »Ich habe gehört, du stellst Fragen über eine Hexe. Wie stehst du zu ihr?«

Ich sah ihr in die tief roten Augen. »Wir sind Freunde und ich möchte sie nach Hause holen. Wer bist du und warum bin ich noch in den Anderswelten?«

Sie hob eine Augenbraue. »Ich stelle hier die Fragen und du antwortest! Freunde? Schwer zu glauben. Wir machen einen Handel. Ich habe dein Eichhörnchen. Wenn du willst, dass ihm nichts passiert und er freigelassen wird, musst du mir etwas besorgen.«

Ich war in großer Sorge um Brutus. »Wo ist er? Geht es ihm gut?«

Sie schlug mir ins Gesicht. »Ich sagte, ich stelle hier die Fragen. Haben wir einen Deal?«

Wut schäumte in mir auf und ich merkte wie sie in meinen Worten mitschwang. »Ich weiß ja nicht mal was ich besorgen soll.«

Sie grinste breit und entblößte so ihre hauerartigen Fangzähne. »Du wirst mir die Birne der Weitsicht besorgen.«

»Die Birne der Weitsicht? Was soll das denn sein?«

Sie schlug mich erneut. »Ich stelle hier die Fragen. Sie wächst nur an einem Baum, dem Triplemoonbaum. Es ist der Baum der Göttin Aradia. Er steht mitten im Zweigwald.«

Da ich nicht viel Möglichkeiten hatte stimmte ich zu und nachdem sie mich befreite, machte ich mich auf den Weg zum Zweigwald. Unterwegs dachte ich nochmals über alle Fragen nach die ich hatte.

Warum wurde ich entführt und nicht wer anders? Warum bin ich in den Anderswelten aufgewacht und nicht im Tempel? Wer war diese Giraffenfrau und was weiß sie über Ida? Was ist die Birne der Weitsicht und wofür braucht sie die? Wo ist Brutus, geht es ihm gut?

So viele Fragen aber keine Antworten.

Weiterer Tag in den Anderswelten

Der Weg war weit.

Als ich am Rand des Zweigwaldes ankam hörte ich ein Jagdhorn. Ich sah mich wachsam um und aus dem Wald kam ein Wesen. Es sah aus wie ein behaarter muskulöser Mann mit Ziegenbeinen, Hufen und einem großen Geweih. Er kam direkt auf mich zu. »Halt, wer will in den Zweigwald und warum?«

Ich gab mich so freundlich wie nur möglich.

»Hallo Hirschmensch, mein Name ist Zwitschernder Sperling und ich suche einen bestimmten Baum.«

Er bäumte sich auf. »Hirschmensch? Ich bin der gehörnte Gott.« Ich musterte ihn nochmal, mein Blick ruhte auf seinem Geweih. »Du kannst nicht der Gehörnte sein. Du hast ja keine Hörner.«

Grimmig zeigte er auf sein Geweih. »Ach ja und was ist das? Sieht das aus wie Haare?«

Ich lachte. »Nein, das ist ein Geweih. Wie bei einem Hirsch oder Rehbock.«

Er holte einen Handspiegel aus einer kleinen Umhängetasche hervor und betrachtete sich genau. »Geweih, mag sein. Dennoch bin ich der gehörnte Gott. Mein Name ist Cernunnos.«

»Müsstest du dann nicht der geweihige Gott heißen?«

Er dachte über meine Frage nach. »Nein, der Gehörnte.«

»Kam es da noch nie zu Verwirrungen?«

Er dachte erneut nach. »Nein, bisher hat das jeder verstanden.«

Unser Gespräch hatte ihn wohl so aufgewühlt, dass er vergaß warum er eigentlich zu mir kam. Er blickte betrübt.

»Ich gehe zu meiner Geliebten, Aradia, und frage sie.« Ich

signalisierte ihm, dass dies eine gute Idee sei und er rannte in Windeseile davon. Nun konnte ich unbehelligt nach dem Baum suchen.

Im Wald war es dunkel da die vielen Baumkronen kaum Licht durchließen, ich fror ein wenig. Ich lehnte mich an einen Baum und versuchte mich mit dem Geist des Waldes zu verbinden, um so den Triplemoonbaum zu finden. Es klappte und ich wusste wo ich hinmusste.

Der Triplemoonbaum machte seinem Namen alle Ehre, denn er bestand aus drei Teilen, der mittlere sah aus wie ein Vollmond und die beiden an den Seiten wie zwei nach außen offene Halbmonde. So einen bizarren Wuchs habe ich noch nie gesehen. Ich ging um den Baum herum und suchte die Birne. Es war schwierig, denn an diesem Baum wuchsen viele verschiedene Früchte, wie Äpfel oder Kirschen. Doch nach einigen Umrundungen sah ich eine saftig goldglänzende Birne mitten im Baum hängen.

Das muss sie sein.

Ich breitete meine Flügel aus und flog zu ihr, um sie zu ernten.

Fast an der Birne angekommen, wickelten sich Äste, wie wildgewordene Lianen, um meinen Körper und hielten mich fest. Ich wand mich und zappelte, in der Hoffnung mich zu befreien, doch die Äste zogen sich immer fester. Ein starker Schmerz durchzuckte meinen Leib und ich schrie. Wenig später hörte ich erneut das Jagdhorn und Cernunnos stand wieder vor mir. Hinter ihm schritt eine schlanke Frau, mit schwarzem Haar und blauen Augen. Ich wusste sofort, dass es Aradia war.

Aradia war eine Göttin, die erste Hexe, Tochter der Diana. Sie hatte eine gar wohlig liebreizende Stimme. »Sieh mal Cernunnos, ein Dieb.«

Die Äste bewegten mich, dass ich direkt vor ihrer Nase

hing. »Es tut mir leid. Ich hatte keine böse Absicht und ich wusste nicht, dass das Pflücken einem Diebstahl gleichkommt.

Es war ein Auftrag und wenn ich diese Birne nicht beschaffe, wird einem Freund ein Leid angetan. Also bitte ich Sie, lassen Sie mich die Birne pflücken und meinen Freund retten.« Sie schloss die Augen und berührte mein Herz. »Du sagst die Wahrheit, aber ich kann dir die Birne nicht überlassen.«

Mir wurde kalt und zittrig. »Dann ist Brutus verloren.«

Die Äste ließen mich los und Aradia lächelte mich an. »Nicht unbedingt.«

Ich erzählte von meiner Entführerin und Cernunnos rannte los um Brutus zu retten. Während wir warteten, erzählte ich Aradia von dem Grund, warum ich hier war, meiner Freundin Ida und was bisher passierte. Aradia wirkte besorgt. »Seit einiger Zeit gibt es in den Anderswelten tatsächlich eine Hexe, die ihr Unwesen treibt.«

Ich erschrak. »Ihr Unwesen treibt? Was soll das heißen?«

In diesem Moment kam Brutus angeflattert und umarmte mich so kräftig er konnte.

»Sperli, Sperli. Es war schrecklich, diese Giraffenfrau fing mich in einem großen Kescher. Ich konnte mich darin kaum bewegen und hing von einem hohen Baumast herunter, nicht mal freinagen konnte ich mich. Aber glücklicherweise rettete mich dann der liebe Hirschmensch.« Cernunnos wirkte verärgert. »Hirschmensch? Ich bin Cernunnos, der geweihige Gott.« Genau nach diesem Moment erwachte ich aus meiner Trance und fand mich, mit höllischen Kopfschmerzen, in meinem Tempel wieder.

16. September

Die Oberhexe Gundula und ihr Hexenzirkel standen vor mir. Sie wirkten besorgt.

»Zwitschernder Sperling, geht es dir gut?« Leicht verwirrt sah ich mich um. »Was ist passiert?«

Gundula setzte sich zu mir. »Ich spürte wie ein mächtiger Zauber wirkte, wir kamen hierher zu der Quelle des Zaubers und bemerkten, dass du gefangen wurdest in deiner Trance. Deshalb haben wir dich zurückgeholt. Es war nicht einfach, es brauchte unser aller Macht.« Ich war sehr überrascht, denn damit hätte ich nicht gerechnet, zumal der Zirkel selbst versuchte Ida zu befreien. Ich bedankte mich herzlich und erzählte, was ich in Erfahrung gebracht hatte. Anschließend erzählten mir die drei was sie alles versuchten.

»Wir wollten mit Ida mentalen Kontakt aufnehmen, sogar Trancereisen versuchten wir, aber es zeigte alles keinen Erfolg. So verwendeten wir verschiedene Beschwörungszauber, aber Ida ist irgendwie abgeschirmt, wir kommen nicht an sie heran. Wir haben nur noch den Zauber, mit dem sie damals in die Anderswelten gegangen ist.«

Hexen sind ein eigenes und spezielles Völkchen, aber wenn es um Freunde und Familie geht, kann man sich auf sie verlassen.

So kam mir die Idee, die für uns alle zum Vorteil wäre. »Wisst ihr, ich denke, wir sollten zusammenarbeiten. Ihr mit euren Zaubersprüchen und ich mit meinem Weltenwandel passen sehr gut zusammen. Ich bin der Meinung, wir ergänzen uns gegenseitig und könnten mehr erreichen als getrennt.«

Gundula nickte. »Du bist ein kluger Mann. Selbstverständlich helfen wir uns gegenseitig. Nach dem was du uns berichtet hast, bin ich sehr besorgt. Wir sollten unbedingt mehr herausfinden.«

Nach vielem Rumgezappel meldete sich Doloris zu Wort. »Dann teilen wir uns auf.« Gundula nickte erneut und zeigte nacheinander auf uns. »Lori, du reist mit Zwitschernder Sperling, um herauszufinden was mit Ida passiert ist und wo genau wir sie finden. Flo, wir beide versuchen den Welt-öffnungszauber zu verbessern und suchen einen Weg, Ida zu holen. Da nicht nur ihre Seele in den Anderswelten gefangen war sondern auch ihr Körper, weiß ich nicht, ob wir sie so wiederbekommen, wie sie war.« Ich pflichtete ihr bei. »Richtig, da das ja immaterielle Welten sind, dürfte dort Materie, so wie wir sie kennen, nicht existieren.« Flo nahm eine starre Haltung und einen flehenden Gesichtsausdruck an.

»Ich würde gerne mitreisen.«

Gundula wurde ernster. »Willst du mich zornig machen? Das ist Teil deiner Ausbildung und da ich die Oberhexe bin, entscheide auch ich. Das hier ist keine Demokratie.«

Seine ganze Haltung knickte ein. »Ist ja ok, wie du das sagst.«

Sie lächelte triumphierend. »Werde du erstmal über hundert Jahre alt, dann darfst du auch entscheiden.«

Für mich wäre das ein schwacher Trost, aber ihm schien es gereicht zu haben, denn er war schlagartig wieder guter Laune. Ich glaube, schwule Männer sind genauso emotional schwankend wie durchschnittliche Frauen, woran das wohl liegt?

Wir verabredeten uns für den übernächsten Tag.

Mittlerweile war ich wieder bei Kräften und trat den Heimweg an.

Zu Hause trank ich noch Tee, um zur Ruhe zu kommen und um schlafen zu können.

Ich wusste, dass ich in der nächsten Zeit all meine Kräfte brauchen würde.

18. September

Wir trafen uns in meinem Tempel. Gundula und Flo blieben dort. Sie suchten und forschten nach geeigneten Zaubersprüchen. Doloris und ich gingen unterdessen zum See. Wir setzten uns in den Schneidersitz, schlossen die Augen und ich sang leise ein altes indianisches Lied.

Das Wasser diente uns als Durchgang in die Anderswelten, es wäre auch ohne möglich gewesen, aber so hatte Doloris es leichter.

Es dauerte nicht lange und wir fanden uns in der unteren Welt wieder.

Doloris schaute sich fasziniert um. Offensichtlich war dies ihre erste schamanische Trancereise. Sie sah mich fragend an. »War das indianisch?«

»Ja, ein alter Dialekt.«

»Aber du bist kein Indianer?«

»Doch, mein Großvater war einer.«

Doloris wurde unruhig »Wie geht's weiter?«

»Wir warten auf einen Freund.« Kaum sprach ich diesen Satz zu Ende, kam auch schon Brutus angeflattert. »Sperli, Sperli, ja du bist wieder da.« Er flog mir in die Arme und ich streichelte ihn liebevoll. »Natürlich bin ich wieder da, so lange lasse ich dich doch nicht allein. Ich habe eine Freundin mitgebracht.« Er sah kurz zu Doloris, rannte flink um sie herum und hielt ihr eine Haselnuss hin. Sie hob die flache Hand.

»Danke schön, ich möchte die Nuss nicht, aber falls du ein Schnitzel hast, das nehme ich gerne.«

Er streckte ihr seine blaue Zunge heraus und flog auf meine Schulter. Dann beugte er sich zu meinem Ohr. »Muss die mitkommen?« Ich nickte.

Nach einiger Zeit des Wartens stießen Cernunnos und Aradia zu uns.

Ich merkte sofort, dass Doloris plötzlich ganz hibbelig und zappelig wurde. Offensichtlich erkannte sie die beiden sofort. »Ohja, meine Götter. Dass ich euch jemals hier und so treffen würde, live und in Farbe, hätte ich nicht gedacht.«

Cernunnos trat zu ihr, verbeugte sich leicht. »Ich sehe du erkennst mich, dennoch stelle ich mich vor. Ich bin Cernunnos, der geweihige Gott!«

Doloris legte den Kopf schief und hielt ihre Finger an die Stirn. »Bist du nicht der gehörnte Gott?«

Er schüttelte den Kopf und zeigte auf den selbigen. »Ein weit verbreiteter Irrglaube. Schließlich sind das keine Hörner, sondern ein Geweih.«

Sie schaute verblüfft. »Aah ja.« Doloris sah etwas irritiert zu Aradia. Diese lächelte nur.

Wir gingen einige Schritte spazieren, als uns dann Aradia berichtete: »Seit einigen Monaten hält sich offensichtlich eine Hexe in den Anderswelten auf. Sie manipuliert die hier lebenden Geister und verhext sie. Was genau sie bezweckt weiß ich nicht, nur dass sie aufgehalten werden muss.«

Das erstaunte mich sehr, da ich Ida kannte und sie war das genaue Gegenteil von dem, was Aradia beschrieb.

Doloris schien das auch so zu sehen. »Ich kenne jede Hexe in meinem Zirkel sehr gut und das klingt definitiv nicht nach Ida. Es muss eine andere Hexe sein.«

Ich hoffte dies wirklich, aber wie groß ist die Wahrscheinlichkeit, dass hier zwei Hexen stranden? Ich versuchte einen Plan zu entwickeln. »Also, suchen wir diese Hexe, egal wer sie auch sein mag, und finden heraus was sie im Schilde führt?«

Doloris antwortete als erste. »Klar und danach suchen wir Ida. Da fällt mir ein, warum kümmert ihr zwei euch nicht um diese böse Hexe, schließlich seid ihr Götter.« Aradia sah zum Himmel. »Wir können sie nicht finden und es scheint als hätte sie sehr viel Macht. Etwas Hilfe wäre schon gut.« Wir konnten natürlich während dieser Seelenreise keine Magie anwenden, aber dafür hatten wir ja Gundula und Flo. Dennoch beschlich mich das Gefühl, dass wir nicht weiterkamen. »Wenn ihr sie nicht finden könnt, wie sollen wir sie dann finden?«

Cernunnos zeigte auf mich. »Dank dir. Als ich Brutus rettete, erfuhr ich von der Giraffenfrau, wo sich besagte Hexe aufhält und wie sie heißt. Ihr Name ist Videns.«

Ich hörte diesen Namen zum ersten Mal.

»Wo finden wir Videns?«

Aradia sah mich ernst an. »Im Tal der Knochen. Es ist ein gutes Stück Weg bis dorthin. Wir werden hier rasten und kurz vor Mitternacht brechen wir auf.«

Nächster Tag in den Anderswelten

Nach einer gefühlten Endlosigkeit kamen wir im Tal der Knochen an, diese trostlose Felswüste erstreckte sich bis zum Horizont. Es war sehr heiß und die Luft in meinen Lungen brannte, aber den beiden Göttern schien diese quälende Hitze nichts anhaben zu können. Brutus flog nach oben, um mehr Sicht zu haben, doch auch er konnte scheinbar nichts sehen, da er nichtssagend wieder runterkam.

Ich sah in der Ferne eine riesige Wolke auf uns zu fliegen. Ich dachte erst, wir wurden entdeckt und diese Wolke sei ein Zauberwerk, um uns aufzuhalten. Doch je näher sie kam, desto genauer konnte ich sie sehen und es war keine Wolke. Es flog eine Herde Pegahörner durch den Himmel.

Pegahörner sind wie ganz normale Einhörner, also Esel mit einem Horn, nur dass sie noch Geierflügel haben und dadurch fliegen können.

Je näher sie kamen, desto lauter wurde ihr IAChor und dröhnte in meinem Kopf wie ein Rockkonzert. Bald waren sie so nahe, dass ich schon ihre Augen sehen konnte, sie waren unnatürlich rot und fixierten uns. Diese Pegahornherde war wohl tatsächlich hier, um uns aufzuhalten. Sie sanken und kamen immer näher, ihre Hörner waren in Angriffsposition auf uns gerichtet.

Sie wurden schneller und wie von Peitschen angetrieben rasten sie direkt auf uns zu. Wir drehten uns und rannten wie der Wind in die andere Richtung. Mir lief der Schweiß übers Gesicht und das Atmen wurde schwerer, dennoch kamen die Pegahörner immer näher.

Sie hatten uns fast erreicht.

Cernunnos blieb stehen, wandte sich der Herde zu, blies so

kräftig in das Horn, welches er an seinem Gürtel trug, dass er rot anlief.

Als wenn jemand den Stecker gezogen hätte, blieb die Herde stehen. Außer Atem beobachtete ich, wie die Pegahörner wieder abhoben und wegflogen.

Doloris atmete genauso angestrengt wie ich. »Warum … hast … du … das … nicht … schon … eher … gemacht?«

Cernunnos wirkte als wäre er frisch ausgeruht. »Normalerweise funktioniert das bei Pegahörnern nicht, da sie zu stur sind, aber als ich merkte, dass sie fremdgesteuert sein mussten und somit ihre Sturheit ausgehebelt wurde, habe ich es einfach versucht.«

Doloris sah aus wie ein Groupie, deren Superstar gerade einen neuen Song gesungen hat.

Nach dieser furchteinflößenden Begegnung bestanden Doloris und ich auf eine Atempause. Wir lagerten hinter einem riesigen Felsbrocken. Als wir wieder bei Kräften waren machten wir uns auf den weg.

Nach einiger Zeit des Weiterlaufens sahen wir einen großen Turm. Er war mattschwarz, ziemlich hoch und hatte keine Eingangstür aber einige Fenster, ganz weit oben. Er erinnerte mich an das Märchen von Rapunzel. Wir standen nun direkt davor, als uns eine intensive und heiße Energiewelle traf.

Ich wurde ohnmächtig.

25. September

Ich erwachte in meinem Tempel und fühlte mich, als käme ich direkt aus einer Hochgeschwindigkeitsachterbahn, so sehr drehte sich alles. Als sich mein Blick endlich wieder klärte, sah ich Gundula und ihren Hexenschüler Florian, wie sie sich über Doloris beugten. Doloris schien bewusstlos zu sein.

Ich schüttelte meinen Kopf um besser denken zu können. »Was ist passiert?« Gundula sah zu mir. »So genau wissen wir das nicht. Wir spürten einen Anstieg von Magie, dann hörten wir einen Schrei von Lori und rannten zu euch, da wart ihr bewusstlos. Das war vor einigen Tagen. Irgendetwas muss euch ausgeknockt haben.« Ich richtete mich auf und atmete tief ein. Doloris Anblick ließ Schuldgefühle in mir aufkommen. Offensichtlich war mir meine Schuld anzusehen. »Rede dir keine Schuldgefühle ein. Lori hat dich gern begleitet. Außerdem ist sie nicht verletzt und ich bin sicher, dass sie bald wieder erwacht. Jetzt berichte bitte genau was geschah.«

Ich nickte zustimmend und konzentrierte mich auf meine Erinnerung. »Ja, da war irgendeine magische Welle. Sie war brennend heiß und intensiv. Sie hat uns wohl aus unserer Trance gerissen.«

Ich erzählte den beiden, was wir während unserer Reise erlebt hatten.

Gundula fasste noch einmal zusammen.

»Wir wissen, dass vermutlich in einem Turm in dem Tal der Knochen eine Hexe, namens Videns, ihr Unwesen treibt. Diese müssen wir aufhalten und das hilft uns Ida zu befreien?« Florian erkannte die Logik.

»Wenn wir Videns in die materielle Welt holen können schaffen wir das auch mit Ida. Wie so eine Art Testlauf.«

Gundula holte ein Grimoire hervor. »Wir haben einen Zauber gefunden, um eine Person herzuholen, dauerhaft. Dafür müssen die Tore offen sein und ich brauche meinen gesamten Zirkel. Das heißt ohne Lori geht da gar nichts. Und jemand muss der Person eine Art magischen Anker geben, also einen Gegenstand, den ich vorher magisch präpariere. Je mehr diese Person mit dem Gegenstand verbunden ist, desto besser funktioniert es.«

Ich sortierte mir dies im Kopf. »Also brauchen wir zwei Anker, einen für die böse Hexe und einen für Ida. Ok. Nehmen wir an, es funktioniert bei dieser Videns. Was machen wir, wenn Ida noch von diesem Dämon besessen ist? Ich möchte den nicht nochmal hier haben.«

»Das ist ja das Schöne daran, wir machen genau das Gleiche, da der Zauber nur eine Person transportiert und nicht zwei und der Anker hilft dabei, die richtige Person daran zu knüpfen, durch ihre Verbundenheit.«

Doch eine Sache bereitete mir noch Kopfschmerzen. »Und wie ist das mit ihrem Körper? Existiert der überhaupt noch?« Gundula hob den rechten Zeigefinger.

»Tatsächlich ist das kein Problem, der wird genauso wiederhergestellt wie er war, jedenfalls steht es so im Grimoire.«

All das stimmte mich sehr zuversichtlich. Nun mussten wir nur noch einen Plan entwickeln, wie wir uns koordinieren. Da die Zeit in den Anderswelten etwas schneller vergeht, wird die Kommunikation schwierig. So fassten wir den Plan, uns vor meiner entscheidenden Reise mental zu verbinden, damit die Hexen wissen, wann sie den Zauber wirken müssen. Sie müssen ganz genau wissen, wenn ich den Anker der reisenden Person gebe und dann wird der Zauber gewirkt. Ich bin guter Dinge, dass alles funktionieren wird. Ich muss nur noch die zwei Anker besorgen.

27. September

Ich ging zu »Miris Zauberallerlei« und wurde gleich sehr freundlich begrüßt. »Hallo mein Lieber, wie geht es dir? Ich spüre du bist nicht hier um einzukaufen.«

Ich hob entschuldigend die Arme. »Du hast mich ertappt. Ich brauche einen, mit Magie aufgeladenen, Gegenstand und Idas Tagebuch.«

Sie wurde schlagartig ernster. »Den Gegenstand, von mir aus, aber das Tagebuch kann ich dir nicht geben, ich habe ihr versprochen, es aufzubewahren und nicht aus der Hand zu geben.«

Ich faltete die Hände zusammen. »Bitte Miri, es ist wichtig. Nur so können wir Ida zurückholen.« Ich erklärte ihr unseren Plan und versprach, falls es nicht klappen sollte, ihr das Buch wieder zu bringen.

Sie hob den Finger. »Ok, ich gebe es dir mit, aber nur wenn du etwas für mich tust.

Falls dir gelingt, was ich verlange, gebe ich es dir. Aber ihr dürft es nicht lesen. Es ist für niemanden bestimmt außer für Ida selbst.« Ich nickte. »Selbstverständlich nicht. Was soll ich für dich tun?«

Sie wollte, dass ich ihr eine seltene Pflanze besorge. Rumpelkraut. Ich hatte davon noch nie gehört und mir war auch nicht klar wofür sie es brauchte, aber ich werde es sicher auftreiben können.

Ich meditierte darüber, doch fand keine Antwort. Also wendete ich eine meiner geheimsten Such und Recherchetechniken an.

Ich befragte das Internet.

Dort fand ich einen Artikel, den ich der Vollständigkeit halber abschreibe.

Auf diese Weise merke ich mir auch besser die Details.

Rumpelkraut, gemeinhin auch Stilzchenwurz genannt, ist ein Gewächs aus der Gattung der Märchenblütler. Es wächst nur vereinzelt auf den britischen Inseln und steht unter Naturschutz. Sie blüht nur einmal alle neun Monate und dann auch nur drei Tage lang. Sie wird oft Kindern in die Wiege gelegt um Glück zu bringen.

Sie wird sehr vielfältig angewendet.

Die Blätter und Blüten können als Tee oder Tinkturen verwendet werden, gegen Gedächtnisverlust oder Erinnerungsstörungen. Reibt man sich mit dem Öl dieser Pflanze ein, so wirkt es stimmungsaufhellend. Die Blätter können, frisch geerntet, zur Wundreinigung verwendet werden.

Die Wurzeln dieser Pflanze eignen sich hervorragend für verschiedenste Salate.

Verfasser: Henry Panhandle

Ich musste also auf die britischen Inseln, um dieses Kraut zu finden.

Wirklich glücklich war ich nicht über diese Entwicklung, aber um Ida zu retten brauche ich nun mal ihr Tagebuch. Da die gute Miri so stur ist, besorge ich ihr dieses seltene Gewächs. Dieser Umweg würde mich leider einige Tage Zeit kosten, aber es ging nun mal nicht anders.

So schrieb ich den Verfasser des Infotextes an, vereinbarte einen Termin mit ihm und buchte einen Flug.

01. Oktober

Der Flug war ruhig und das Flugzeug kam pünktlich am Flughafen an.

Als ich mit dem Taxi zu unserem Treffpunkt, am Hafen, vorbeifuhr, sah ich ein recht großes Schiff. Es fiel mir auf, da es aussah, als wäre es vor Kriegszeiten gebaut worden. Unvermittelt sprach mich der Taxifahrer mit gebrochenem Akzent an: »Das ist die «Witches Queen«, sie ist sehr alt, aber noch immer top in Schuss. Dieser Zweimaster ist fast schon sowas wie eine Legende. Sie wird bald ausgemustert, aber eine Fahrt soll sie wohl noch bekommen.«

Unweit des Hafens erreichten wir den Treffpunkt. Ich bedankte mich beim Fahrer und gab Trinkgeld.

Mister Panhandle kam direkt auf mich zu. Ich war überrascht von seiner überschwänglichen Art, denn er umarmte mich sofort. »Hello, Sie müssen Mister Sperling sein. Ich treffe selten jemanden vom Festland und deshalb freue ich mich. Sie wollten gerne Rumpelkraut, wenn ich mich richtig erinnere.«

»Das ist richtig. Danke, dass Sie Zeit für mich haben.«

»Schon, aber meine Zeit wurde leider begrenzt, da mein Onkel gestern Abend schlagartig erkrankte.«

»Oh, wie bedauerlich. Woran leidet ihr Onkel?«

»Die Ärzte wissen keinen Rat. Er hat hohes Fieber, Husten und starke Schmerzen. Das Problem ist, dass er gegen die meisten Medikamente allergisch reagiert.«

Da traf es sich gut, dass ich meine PropolisTinktur dabeihatte. Ich nehme sie immer mit auf weiten Reisen. »Dürfte ich Ihren Onkel sehen? Ich habe Medizin dabei, die gegen fast alles hilft und sie ist sehr gut verträglich, Propolis. Sie ist natürlich und aus Bienenharz hergestellt.«

»Von so etwas habe ich tatsächlich schon einmal gehört. Das ist sehr großzügig von Ihnen. Gerne nehme ich Ihre Hilfe an. Ich mache Ihnen einen Vorschlag. Übermorgen gehen wir zu meinem Onkel und im Anschluss helfe ich Ihnen bei der Suche nach ihrer Pflanze.«

Mister Panhandle nahm mich mit zu sich nach Hause und quartierte mich in seinem Gästezimmer ein.

03. Oktober

Mister Panhandle brachte mich zu seinem Onkel. Dieser war schon sehr alt, hatte buschige Augenbrauen und schaute mich grimmig an. »Sind Sie Arzt?«

»Nein, aber ein wenig heilkundig.«

»Pfleger?«

»Nein, ich bin Schamane. Ich habe indianische Vorfahren.«

»Und welches Gift wollen Sie mir unterjubeln?«

Mein Begleiter antwortete noch bevor ich es konnte. »Kein Gift, Onkel. Medizin. Aus Bienenwachs. Er schenkt es dir.«

Der Alte sah seinen Neffen belehrend an.

»Alles kann giftig sein, sogar Salz. Es kommt auf die Dosis an.« Dann streckte er seine Hand zu mir aus. »Geben Sie schon her, Mister Indianer.«

Ich gab ihm das Propolis und erklärte ihm, wie er es anzuwenden habe.

Er war ein merkwürdiger Mann, ich hatte den Eindruck, er hörte mir nicht zu.

Mister Panhandle entschuldigte sich für seinen misstrauischen Onkel und wir gingen los, um Miris Kraut zu suchen.

»Hier ist es, auf dieser Wiese habe ich es schon wachsen sehen.«

Ich hob die Hand um meine Augen von der Sonne abzuschirmen. »Ich sehe hier nur Gras. Wie groß ist diese Wiese?«

Er lachte. »Sie schauen nicht richtig, mein Freund. Halten sie Ausschau nach länglichbreiten Blättern. Keine Ahnung. Sehr groß.«

Wir wateten durch das dichte und hohe Gras, doch ich konnte nichts entdecken, was seiner Beschreibung auch nur im Ansatz ähnelte.

Nach einigen Stunden der vergeblichen Suche wollte ich umdrehen.

»Halt! Mister Sperling, wo wollen Sie hin?

Ich habe sie gefunden.«

Erleichtert eilte ich zu ihm. »Sind Sie sicher?«

»Ich irre mich in vielem, aber was Rumpelkraut angeht, irre ich nie. Wie viele wollen Sie.«

»Mehrere Pflänzchen, bitte unversehrt. Wir wollen sie einpflanzen.«

»Das wird kein Problem sein, aber wie schaffen sie diese Pflanze über die Grenze? Sie ist geschützt und Sie dürfen sie nicht einfach mitnehmen.«

»Das krieg ich hin, keine Sorge.«

Wir machten uns an die Arbeit. Leicht war es nicht, aber es gelang uns einige der Pflänzchen unversehrt auszugraben.

Hungrig fuhren wir abends zurück und wir pflanzten die Gewächse in kleine Töpfe. Zum gelungenen Abschluss des Tages lud mich Mister Panhandle noch auf ein typisch englisches Diner ein.

04. Oktober

Ich packte die Pflanzen ein und sprach einen kleinen Verbergungszauber auf sie, so konnten sie nicht erkannt werden.

Der Rückflug war etwas holprig, aber letztendlich kam ich heil an.

Nach einigen weiteren Stunden, war ich wieder zu Hause. Ich beschloss, Miri am nächsten Tag ihr Rumpelkraut zu bringen.

05. Oktober

»Hallo, mein Lieber,« begrüßte sie mich freundlich. »Wie war deine Reise?«

Ich setzte mich. »Sehr interessant. Danke. Ich habe mehrere Pflänzchen Rumpelkraut mitgebracht. Mister Panhandle schrieb mir eine Pflegeanleitung.« Ich reichte ihr alles. Mit einem Lächeln im Gesicht verstaute sie alles. »Du hast mir damit eine große Freude gemacht.«

»Gern. Bekomme ich jetzt Idas Tagebuch?« Etwas zögerlich holte sie das kleine Buch und gab es mir bedächtig. »Denk daran, Zwitschernder Sperling, es nicht zu öffnen oder zu lesen. Das ist privat.«

»Ich verspreche es.«

Nun hatte ich endlich den Anker, der Ida zurückholen wird und packte ihn zu dem anderen Anker für diese Videns, einer Schreibfeder.

07. Oktober

Mit den Ankern in der Tasche traf ich wieder die Hexen. Doloris war mittlerweile erwacht und erholte sich schnell. Ich gab Gundula das Tagebuch und die Adlerschreibfeder. Sie präparierte beide auf magische Weise mit einem uralten Zauber, wie sie sagte. Im Anschluss daran verband sich der Zirkel mental und spirituell mit meinem Geist. Jetzt war alles vorbereitet für unser Vorhaben.

Ich setzte mich in bequemen Trancesitz, nahm Idas Tagebuch, die Feder und schloss die Augen. Es dauerte nicht lange und ich war in der oberen Welt. Alles sah aus wie immer, nichts zeugte von der Krise, die gegenwärtig in den astralen Welten herrschte. Nach Sekunden flog Brutus schnell zu mir, flog einige Runden um mich rum, landete vor mir, um dann auf mir hochzuklettern, als wäre ich ein Baum. Auf meiner Schulter angekommen, schmiegte er sich an meine Wange und ich streichelte ihn. »Schön dich zu sehen Brutus, wir haben endlich einen Plan, um Videns aufzuhalten und meine Freundin Ida zu retten.«

Brutus brachte mich zum Tal der Knochen. Die Pegahornherde war nirgends zu sehen, nur der Turm.

An dessen Fuß angelangt, berührte ich die steinerne Wand. Sie war warm und glatt, es fühlte sich an, als ob es sich bewegen würde, als würde dieses Bauwerk atmen. Einen Eingang suchend ging ich um den Turm, ohne ihn loszulassen. Nach einigen Schritten sank meine Hand in das Gestein und ohne nachzudenken ging ich ihr hinterher.

Im Turm war es dunkel, dennoch konnte ich weiter oben ein kleines Licht flackern sehen. Aber ich fand keinen Aufgang. Keine Treppe, keine Leiter, kein Seil.

Nichts.

Brutus kam hereingeflattert, wir gingen erneut jeden Zentimeter dieses Turms durch, ganz sorgfältig und gründlich. Brutus fand eine Treppe, welche mehr als zwei Meter über dem Boden endete. Ich streckte meine Hände nach oben und krallte mich an der untersten Stufe fest.

Mit Hilfe von Brutus schaffte ich es, mich auf die Treppe empor zu ziehen. Die Treppe war gewunden, sehr schmal und ohne Geländer. Ich schwankte beim Steigen und wackelte. Ich hielt meine Arme seitlich, wie ein Seiltänzer. Nach gefühlten Stunden der Konzentration, kam ich schweißgebadet auf einer Plattform an. Sie war ein wenig kleiner als der Boden des Turms. Es roch leicht süßlich und an einer hinteren Wand stand ein Tisch, auf dem eine Kerze brannte. Ich spürte einen kalten Lufthauch in meinem Rücken, drehte mich und fiel vor Schreck auf den Boden, als ich eine Kapuzengestalt hinter mir erblickte.

Das musste diese Videns sein. Sie sammelte Energie in ihren Händen und warf sie auf mich. Ich konnte gerade noch beiseite rollen. Ich versuchte es mit Diplomatie: »Du bist die böse Hexe. Richtig? Ich will dich nicht bekämpfen. Ich habe einen Weg gefunden, dich wieder in die materielle Welt zu holen. Du kannst heimkehren.« Sie stoppte ihre Angriffe.

Ich holte die Feder raus und reichte sie ihr.

»Du musst nur diese Feder nehmen und du wirst gerettet.« Sie nahm die Feder in beide Hände, betrachtete sie kurz und brach sie entzwei. Den Federkiel wegwerfend, kam sie auf mich zu. Da ich magisch nicht gegen sie ankam, rannte ich zum anderen Ende der Plattform und zum einzigen Fenster.

Ich sprang.

Mit Schmerzen und gebrochenen Rippen quälte ich mich weiter fort.

Ich lief direkt gegen eine unsichtbare Barriere. Ich war gefangen und diese Hexe kam langsam immer näher.

Ehe sie mich erreichte, gelang es mir gerade noch rechtzeitig meine Trance zu beenden.

Wieder zurück, berichtete ich den Hexen, was passiert war. Diese Videns war sehr gefährlich, zu allem Übel bereit und nicht willens zurück zu kommen. Wir beschlossen also, Videns mit aller Zauberkraft zu vernichten. Der Zirkel sprach einen noch mächtigeren Zauber. Mit diesem sind sie in der Lage, Energie durch mich zu schießen und anzugreifen.

10. Oktober

Wir hatten uns sehr gut vorbereitet. Ich nahm Idas Tagebuch mit, falls ich nach der Vernichtung der Hexe noch Zeit hätte, Ida zu suchen.

Gundula und ihr Zirkel standen um mich im Kreis und ich reiste in die Anderswelten, zu der Stelle an der ich diese böse Hexe zuletzt gesehen hatte.

Es dauerte nicht lange, da fand ich sie in der Nähe ihres Turmes. Sie kam erneut auf mich zu, doch diesmal war ich bereit zuzuschlagen.

Sie legte ihre Kapuze nach hinten und ich erschrak vollends. Ich sank ein, da meine Knie weich wurden. Ich sah Ida vor mir. Sie sah aus wie in meiner Erinnerung, bis auf ihre blasse, fast schon weiße, Haut und ihren orangenen Augen. Sie applaudierte, sah mich emotionslos an und sprach in einem ebensolchen Ton. »Zaunreiter, herzlichen Glückwunsch. Du hast mich gefunden und nun wirst du sterben.« Sie erhob ihre zu Adlerklauen geformten Hände.

Ich erholte mich von meinem Schrecken.

»Halt warte, Ida. Wir sind Freunde. Erinnerst du dich nicht?«

Ihre Hände ballten sich zu Fäusten und sanken nieder. »Das war in einem anderen Leben. Ida ist tot.« Ihre Stimme wurde tiefer und ihre ganze Gestalt verzerrte sich. »Ich bin Videns.«

Für eine Sekunde sah ich ein zweites Gesicht in ihrem aufflackern. Da wurde mir klar, dass Ida noch immer von diesem Dämon besessen war. Ich überlegte, was ich jetzt machen sollte und dann holte ich ihr Tagebuch heraus und hielt es so, dass sie es gut sehen konnte. »Erkennst du es? Es ist dein Tagebuch.«

Videns schaute verächtlich. »Es ist bedeutungslos, wertlos, ein Relikt aus einer anderen Zeit.«

Ich musste die wahre Ida erreichen. »Es hat Bedeutung für dich. Es enthält deine Gedanken, deine Gefühle und Erinnerungen. Erinnerungen an deine Eltern, deinen Zirkel und all deine Freunde«, spekulierte ich.

Das Buch schwebte in ihre Hand. Sie öffnete es, glitt mit der freien flachen Hand über die Zeilen und all der Text verschwand. »Ich habe keine Freunde.« Sie steckte das leere Buch ein, hob erneut ihre Klauenhände.

»Und du wirst jetzt sterben.«

In diesem Augenblick kam Brutus angeflogen und rammte Videns stark genug, dass sie ins Straucheln geriet. Ich merkte, wie Gundula und ihre Hexen zauberten, ihre Energie und Macht durchströmten mich und ich leitete diese Energie weiter zu Videns. Ihr Gesicht verzerrte sich immer mehr. »Die Macht von Hexen kann mich nicht aufhalten. Ich habe die Macht eines Dämons.«

Zu meinem Entsetzen sog sie unsere Energie einfach auf, bündelte sie und schickte sie mit voller Kraft durch mich zu den Hexen zurück. Ich spürte ihre Pein, als wäre es meine eigene.

In dem Moment, als ich die Verbindung zu Gundula verlor und Videns mich mit ihrer dunklen Zauberei vernichten wollte, löste ich mich blitzschnell aus der Trance und erwachte schwer atmend und schweißnass.

Mein Herz raste wie ein Presslufthammer. Die Luft die ich einsog, brannte wie Feuer in meinen Lungen. Ich sah verschwommen, wollte aufstehen, doch brach zur Seite weg. Ich stützte mich mit den Armen, sie gaben nach und ich fiel zu Boden.

Nicht in der Lage, mich zu bewegen, blieb ich benommen, der Bewusstlosigkeit entgegengleitend, liegen.

11. Oktober

An den Kopf fassend richtete ich mich auf. Das Brennen in meinen Augen verschwand und ich sah ein hübsch, aber recht altmodisch eingerichtetes Zimmer. Viele Pflanzen standen hier und da. Erst jetzt wurde mir klar, dass ich nicht mehr in meinem Tempel war, sondern in einem fremden Bett. Es klopfte an der Tür.

»Herein«, rief ich heiser.

Miri kam ins Zimmer. »Wie fühlst du dich?«

»Als hätte mich ein Vierzigtonner überfahren. Das muss endlich aufhören, mit diesem Plötzlich-aus-der-Trance-Gereiße. Das ist doch nicht normal, jedes Mal bin ich tagelang ohnmächtig. Und das als Schamane, langsam wirds peinlich. Naja, zumindest bin ich froh, überlebt zu haben. Wie lange war ich weg?« »Zwei Tage.«

»Und die Hexen?«

»Sie sind wach, aber ohne Macht. Sie können nicht zaubern.«

Ich erzählte Miri was passiert war. »Videns ist verdammt stark. Ich weiß nicht wie ich ihr helfen kann, wenn schon drei Hexen keine Chance haben.«

Sie öffnete das Fenster.

»Wenn Hexerei nicht hilft, dann vielleicht etwas anderes. Aber jetzt ruh dich erst einmal aus.«

Ich stand langsam auf. Ich war wackelig aber ging allmählich zur Tür. »Die Hälfte meiner Suche nach Ida ruhe ich mich immer nur aus. Ich muss aktiver werden. Vor allem jetzt, da ich weiß, dass Ida diese Videns ist.«

Sie hielt mich fest, dadurch wackelte ich noch mehr. »Du musst dich ausruhen, du bist noch nicht fit genug. Wie du schon sagtest, du hast Glück, dass du das überlebt hast.« Ich riss mich los und stürzte fast dabei. »Das ist lieb von dir, aber ich weiß, wann ich mich ausruhen muss und jetzt ist noch nicht die Zeit dafür.«

Sie sah mich mitleidig, aber auch fürsorglich an. »Leg dich bitte wieder hin.«

Nun wurde ich ernster und mein ganzer Körper spannte sich an. »Ida ist gefangen in der astralen Welt, von einem Dämon besessen und wollte mich töten. Da kann ich nicht einfach rumsitzen und nichts tun. Die Hexen können mir nicht mehr helfen, ohne ihre Magie. Also muss ich einen anderen Weg finden. Je länger ich warte, desto schwieriger wird alles. Ich danke dir, dass du dich meiner angenommen hast, aber jetzt werde ich gehen.«

Ich blickte nicht zurück und taumelte zu meinem Tempel.

Ich hatte das ungute Gefühl, dass mir nicht mehr viel Zeit blieb.

13. Oktober

Während ich überlegte, wie ich Ida helfen könnte, ging ich ständig auf und ab, nahm Dinge hoch und legte sie wieder ab. Ich fühlte mich rastlos. Irgendwann ging ich hinaus und hoffte, dass der Wald mir die entscheidende Erkenntnis bringen würde. Nach etlichen Stunden ziellosen Rumwanderns kam ich an einer alten Schlossruine an. Ich betrachtete sie ganz genau, sah mir jeden Stein an. Tätschelte sogar die moosbedeckten Mauern. Da fiel es mir wie Schuppen von den Augen. Klar, wenn mächtige Hexen es nicht schafften, dann vielleicht ein anderer Zauberkundiger. Schon wusste ich, wen ich fragen konnte.

14. Oktober

Bernd öffnete mir die Tür, lächelte und umarmte mich herzlich. Er bat mich rein und ich setzte mich. »Danke, dass du Zeit für mich hast.«

Er stellte mir ein Glas selbstgebrannten Schnaps hin und sagte: »Für Freunde habe ich immer Zeit. Es wunderte mich sowieso, dass bei dieser ganzen Aufregung noch niemand zu mir kam. Weißt du, als Magier bekomme ich einiges mit. Du brauchst mir also nicht zu erklären, was los ist. Es ist ja auch klar, dass diese ganzen Hexenspielereien nicht die gewünschte Wirkung zeigten. Versteh mich nicht falsch, ich mag die Hexen sehr, aber diese Hexenzauberei ähnelt eher Malen nach Zahlen. Wohingegen ich Kunstwerke aus dem Nichts erschaffe. Natürlich hat Hexerei auch ihre Daseinsberechtigung, aber du darfst von ihr nicht zu viel erwarten. Unsere lieben Hexen sind halt nur sehr einfache Krämerseelen. Zu deinem Glück bist du nun hier und ab jetzt wird alles gut.«

So eine lange Eigenlobrede habe ich selten gehört. Da ich aber wusste, dass Magier sich selbst hin und wieder überschätzten, blendete ich das aus. »Könnten wir in meinen Tempel und schauen was wir erreichen können?«

Er winkte ab. »Papperlapapp, wir brauchen nicht in deinen kleinen Spieltempel. Du sitzt hier in einem Nexus der absoluten Macht. Hier sind wir am stärksten.«

Ungläubig verdrehte ich die Augen, dennoch wollte ich mit Bernd mein Glück versuchen.

»Ok und was machen wir?«

»Ich weiß es schon. Geh jetzt und komm morgen wieder.«

»Was hast du vor und wieso erst Morgen?

Ich habe es eilig.«

»Einen sehr großen Zauber und sehr große Zauber brauchen sehr große Vorbereitung. Komm also morgen zur selben Zeit wieder.«.

Ich beschloss ihm zu vertrauen.

15. Oktober

Ich kam erneut bei Bernd an. Er ließ mich gar nicht rein, sondern begleitete mich direkt zu seinem schicken Sportwagen. Als wir losfuhren, erklärte er mir alles:

»Wir müssen shoppen. Du fragst dich sicherlich warum. Ganz einfach. Damit wir den Zauber beziehungsweise das Ritual ordentlich durchführen können, brauchen wir die richtige Kleidung, sonst geht es wahrscheinlich schief. Ich habe natürlich passende Sachen, aber du mit Sicherheit nicht. Mit deiner geradezu lächerlich legeren Kleidung kriegst du nicht einmal einen Hund zum gackern, geschweige denn eine Katze zum muhen.« Er hob seinen Zeigefinger. »Aber habe keine Sorge, ich kenne einen Magierausstatter. Er führt ein spezielles Geschäft, in dem es nur Kleidung und Zubehör für Magier gibt, speziell für jedes Ritual angepasst und dass auch noch zu sehr moderaten Preisen.«

Ich war so perplex, dass ich nichts mehr sagen konnte. Von sowas hatte ich noch nie gehört.

Nach etwa zwanzig Minuten waren wir da.

In dem Geschäft wurden wir gleich überschwänglich begrüßt. »Bernd mein Süßer, welche Freude dich zu sehen. Was kann ich für dich tun und wen hast du mir da schnuckliges mitgebracht?«

»Pierre, es ist ein Notfall. Wir brauchen dich.« Während Bernd das sagte, zeigte er auf mich. »Mein Freund hier ist Schamane.« Pierre musterte mich von allen Seiten, nickte und schlug theatralisch die Hände ineinander. »Du hast absolut Recht, ein dringender Notfall, aber keine Angst, ich mache aus deinem kleinen hässlichen Entlein einen wunderschönen, alles überstrahlenden Schwan und dann klappt es natürlich auch mit dem Zaubern.«

Ich dachte mir fallen die Ohren ab. »Wie bitte?«

Pierre lachte amüsiert. »Wie niedlich, er weiß gar nicht, wie schlecht es um ihn steht. Aber kein Problem, das kriegen wir hin«, sagte er zu Bernd, packte mich am Arm und zog mich zu einer Umkleidekabine. »Geh hinein, warte und zieh an was wir dir bringen,« befahl er.

Ich wollte protestieren, aber wusste in dem Moment nicht wie mir geschieht. Vollkommen überfordert mit dieser Situation, fügte ich mich und machte einfach was er verlangte, in der Hoffnung alles so schnell wie möglich hinter mich zu bringen. Ich hörte seine hohe Stimme fragen:

»Berndi, was für ein Ritual plant ihr zwei Schnuckel?« »Eins der stärksten überhaupt, wir müssen eine Hexe aus den Anderswelten retten.«

Er kicherte süffisant. »Oh, wie putzig.

Ein kleines Hexlein. Ich habe genau die passenden Sachen.«

Ich hörte wegen seiner klackernden Stöckelschuhe sehr deutlich, wie sich seine Schritte entfernten. Nach ein paar Minuten kamen Kleidungsstücke über den Rand der Umkleidekabine geflogen. »Anziehen, lächeln und rauskommen«, hörte ich Pierre nur befehlen. Es war recht schwierig, diese Sachen anzuziehen, aber ich bekam es irgendwie hin. Ich bewegte mich hibbelig und zupfte an mir rum, weil das grüne Hemd mir ungefähr eine Nummer zu klein war, genauso wie die schwarzgelbe Seidenweste. Die weinrote Fliege fühlte sich an als wolle sie mich erwürgen. Die braune Cordhose hatte Hochwasser oder sie war nur dreiviertellang, es war schwer zu sagen. Aber durch ihre Kürze hatte man einen besseren Blick auf die violetten spitzzulaufenden Lederschuhe.

Ich sah peinlich berührt an mir herunter, dennoch zeigte ich mich ihnen. Pierre applaudierte wie nach einer gelungenen Theateraufführung. »Tres chic. Magnifique.« Bernd schaute anerkennend. »Du hast dich mal wieder selbst übertroffen. Wir nehmen alles genauso wie es ist.«

Erleichtert, da ich diesen Fummel wieder loswurde, zog ich mich schnell um. Wir bezahlten und wurden mit unzähligen Wangenküssen verabschiedet.

Ich wollte auf der Rückfahrt ein ernstes Wörtchen mit Bernd sprechen. »Musste das wirklich sein? Ich sehe darin aus wie ein Clown und der Typ war ja sowieso ein wandelndes Klischee.«

»Ja, der ist Klasse. Du siehst gut darin aus, das nennt sich Mode und ist für unsere Magie essentiell.«

»Ok, na gut, ich lasse mich darauf ein, aber ich trage diese Sachen nur ein einziges Mal. Wann fangen wir an?«

»Kein Problem. Morgen gehen die Vorbereitungen weiter.«

»Wie? Noch mehr Vorbereitungen?«

»Lass dich einfach überraschen, mein Freund.«

Wir verabredeten uns für dieselbe Zeit und er fuhr mich nach Hause.

Ich hoffe, dass morgen alles normaler abläuft.

16. Oktober

Erneut traf ich mich mit Bernd und diesmal bat er mich herein, ich setzte mich und bekam wieder ein Glas Schnaps. Bernd schaute mehrmals auf seine teure Markenuhr und lief ungeduldig auf und ab. Gerade wollte ich ihn fragen, auf was wir warten, da klingelte es schon. Als Bernd eilig die Tür öffnete, stand auch schon ein junger athletischer Mann auf der Schwelle. Seine kurzen Haare waren gepflegt nach hinten gekämmt. Seine Turnschuhe, die gut zu seinem grauroten Jogginganzug passten, zog er aus und sprang voller Elan herein. Bernd stellte uns vor:

»Hagen, das ist mein Freund Zwitschernder Sperling. Zwitschernder Sperling, das ist Hagen, mein ganz persönlicher Zauber-Intonations-Bewegungscoach.«

Ich stand auf, kam Bernd etwas näher und drehte mein Ohr zu ihm. »Dein was?«

Hagen antwortete. »Ich bin ein professioneller Coach für Magier und trainiere alle Zauberwilligen bei allen möglichen Intonationen und Bewegungen vor, während und natürlich nach des Zauberns. Denn dabei muss alles genau sitzen, sonst funktioniert die Magie nicht richtig.«

Bernd ergänzte: »Ich kann das natürlich alles im Schlaf, aber du machst ja auch mit und musst deshalb ordentlich geschult werden.« Ich sah Bernd an, aber zeigte mit einer kreisenden Fingerbewegung auf Hagen. »Ist das wirklich nötig?«

Wie im Chor antworteten beide: »Jaa!« I

ch sträubte mich davor, so einen Quatsch zu lernen. Also versuchte ich den Sinn dahinter zu verstehen. »Was würde denn sonst passieren?«

»Viele schlimme Dinge. Wirklich sehr viele schlimme Dinge. Entweder machst du mit oder ich kann dir nicht mehr helfen.«

Das klang ein wenig wie Erpressung, dennoch überlegte ich einige Minuten.

Da ich aber nichts unversucht lassen wollte, willigte ich letztendlich ein.

Ich erspare mir hier, den genauen Ablauf des Coachings bis ins kleinste Detail wiederzugeben.

Wir übten die verschiedenen Intonationen mehrmals bis ich sie konnte, also »A«, »O«, »U«, »I«, »E«. Es war tatsächlich schwerer als ich dachte und erinnerte mich an Vocalcoachings, wie man sie bei verschiedenen Talentshows beobachten konnte.

Ich brauchte wirklich sehr viele Versuche, bis die beiden auch nur ansatzweise zufrieden mit mir waren. Aber damit nicht genug. Denn direkt danach kamen die ganzen Positionierungen meiner einzelnen Körperteile, natürlich alle ganz genau mit Winkelmaß und Zollstock abgemessen.

Das Training ging den ganzen Tag und ich fiel kraftlos und schlapp auf Bernds Couch. Nachdem Hagen fort war, setzte sich Bernd lässig zu mir und gab mir einen Klaps auf den Rücken, dieser fühlte sich an wie ein harter Hammerschlag und ich brach zusammen. »Das hast du sehr gut gemacht. Glaub mir, du wirst sehen, dass sich das Training gelohnt hat.«

Da ich noch erschöpft war, fuhr mich Bernd heim und sagte mir, dass es endlich morgen los gehen könne und ich mit dieser neuen Kleidung zu ihm kommen solle.

Endlich wieder zu Hause, trank ich noch einen Tee und fiel kaputt und ohne mich umzuziehen ins Bett.

17. Oktober

Erneut bei Bernd angekommen, erwartete ich nun Großes. Ich hoffte inständig, dass alles was er gesagt hatte, nicht nur heiße Luft war. Wir wollten das Gleiche machen wie die Hexen, nur mit «mehr» Macht.

Wieder bot er mir einen Schnaps an, ich lehnte ab. Da ich diese furchtbar engen Sachen trug, die wir ja gekauft hatten, sagte ich Bernd, dass ich so schnell wie möglich anfangen möchte.

Ich folgte seinen Anweisungen. Wir stellten uns in Position, natürlich genau abgemessen, dann hoben wir unsere Arme in verschiedenen Winkeln, natürlich mit Hilfe eines Winkelmaßes, und intonierten verschiedene Laute. Es war ein bisschen so, als würden wir für eine Tanzaufführung proben, nur peinlich. Jetzt hatten wir alles mit Energie aufgeladen und uns verbunden. Nun reiste ich in die Anderswelten. Es war schwieriger als sonst, da ich mich in dieser fürchterlich engen Kleidung nicht so leicht entspannen konnte. Ich hatte das Gefühl, meine Hose würde jeden Moment reißen.

Dann doch in den Anderswelten angekommen, erschrak ich. Ein Gestank drang in meine Nase und brannte wie Salzsäure in meinen Lungen. Ich hustete und ging in die Knie. Die Erde war trocken, staubig und lag brach. Dann sah ich hinauf, in der Hoffnung, Brutus flattern zu sehen. Der Himmel war grau und von dunklen Wolkenfetzen durchzogen. Langsam raffte ich mich auf. Eine Schwere lag in der Luft, die jeden Schritt zur Qual machte. Eisiger Wind peitschte in mein Gesicht. Ich rief oder viel mehr krächzte nach Brutus. Nach einigen Metern brach ich zusammen, unfähig mich zu bewegen.

Ich spürte, wie Bernd eine warme Woge der Energie zu mir sandte, die mir Kraft gab. Ich stand wieder, wenn auch nur gebeugt und quälte mich weiter.

Der Wind verebbte und als ich meinen Blick vom Boden abwandte, sah ich Videns. Sie kam gemütlich auf mich zu geschlendert.

»Du hättest nicht zurückkommen sollen, Zaunreiter.« Sie spuckte das Wort Zaunreiter förmlich aus. Ich zitterte am ganzen Körper, aber strengte mich an, ruhig zu bleiben.

»Ich bin hier halt noch nicht fertig. Ich werde dich retten und zurückholen, Ida.«. Sie fletschte ihre scharfen Zähne und fing an zu lachen. »Du kannst noch nicht mal dich selber retten. Ich werde mir von diesen Welten nehmen was mir zusteht und erst danach komme ich in die materielle Welt.« Nun wurde mir der Plan dieses Dämons bewusst.

Da der Dämon Teil dieser Welt war, konnte er ihr selbst keine Macht entziehen. Deshalb nutzte er Ida, einen Fremdorganismus, um dies zu tun und sobald er genug Macht gesammelt hatte, um in meine Welt zu kommen, würde er auch dort die Lebenskraft aus allen Wesen saugen. Das musste ich verhindern.

Wir umkreisten uns, wie kurz vor einem Duell.

»Ich werde dich aufhalten, du Monster. Ich beschwöre dich, lass Ida frei!«

Videns beugte sich leicht vor, ihr Grinsen wurde so breit, dass es von einem Ohr zum anderen reichte. »Niemals!« Sie hob ihre Hände, wollte mich mit Zauberei attackieren, ich sprang zur Seite und rollte mich weg. Ich spürte Bernds Macht in mir. Eine Welle der Energie, die durch mich drang, ich richtete sie direkt auf Videns. Sie strauchelte. Ich machte weiter. Sie wich aus, bewegte sich agil. Ich traf sie nicht. Sie griff mich an. Ich wich aus. Es war ein Wechselspiel aus Angriffen und Ausweichen. Ich atmete schwer. Sie nicht. »Geht dir langsam die Puste aus, Zaunreiter?« Sie trat zu mir, um-klammerte meinen Kopf mit steinhartem Griff. Ich versuchte mich zu befreien, doch jede Bewegung schmerzte. »Mal se-hen, wen du am anderen Ende hast.« Ihre orangenen Augen durchdrangen meinen Körper. »Ah, hallo Bernd.« Ich verlor die Verbindung zu Bernd. Sie ließ los und holte zum finalen Schlag aus.

Ich erwartete das Ende. Ein Jagdhorn ertönte.

Videns drehte sich und stand Cernunnos gegenüber, auf seiner Schulter saß Brutus.

»Ich bin Cernunnos, der geweihige Gott, lass ihn in Ruhe, Hexe.«

Mit scharfer Stimme erwiderte sie. »Du hast hier keine Macht mehr, Cernunnos.«

Eine Frauenstimme erklang aus einer anderen Richtung. »Er ist auch nicht allein.« Videns drehte sich. »Aradia. Ihr könnt mich nicht aufhalten, ich habe bereits zu viel Macht abgesaugt.«

Sie griffen an. Die beiden Götter vereinten ihre Kräfte um Videns mit Energie aufzuhalten. Sie wich aus. Die Angriffe stoppten nicht. Videns hatte Schwierigkeiten, allen Attacken zu entgehen, strauchelte erneut. Sie bäumte sich auf und eine riesige Schockwelle trat von ihr aus, die mich von den Füßen riss.

Dunkelheit.

Als ich die Augen wieder öffnete, war Videns fort und selbst Cernunnos und Aradia lagen auf dem Boden. Brutus flatterte auf mich zu. »Sperli, Sperli, geht es dir gut?«

»Ja, Brutus, danke.«

Er holte eine riesige Pistazie hervor »Möchtest du eine Nuss?«

Ich verneinte.

Nächster Tag in den Anderswelten

Ich war außer mir, stampfte auf den Boden und hämmerte meine Faust immer wieder gegen einen Baum. Dass mich das so mitnimmt, hätte ich nie gedacht, aber erst als das Blut von meiner Hand lief und das Gras unter mir goss, wurde mir klar, wie sehr ich die Beherrschung verloren hatte. Ich ging in die Knie und legte meinen Kopf in meine Hände. Mir war zum Heulen, aber ich konnte keine Träne vergießen, irgendetwas hielt mich ab. Brutus kletterte auf meine Schulter. »Das kriegen wir schon wieder hin.«

Ich merkte erst, dass ich ihn anschrie, als er weghüpfte. »Nein, kriegen wir nicht! Wir kriegen das nicht hin! Niemand kriegt das hin! Weder du, noch die Götter, nicht die Hexen, kein Magier und ich schon gar nicht!«

Als ich mich etwas beruhigte, kam er wieder näher. »Du darfst nicht aufgeben.«

Ich wollte ihn ansehen, doch mein Blick glitt an ihm vorbei. »Ach nein?«

Cernunnos kam durch das Geäst gestapft.

»Die Birne der Weitsicht ist noch da.«

Mir war das egal, mir war mittlerweile alles egal. »Na und?«

Er hob mich mit einer Hand hoch, so dass ich ihm in die Augen sehen musste. »Die Birne der Weitsicht ist mächtig. Wer sie isst erhält die Macht des Sehens. Sie ist für Videns wichtig, nur durch sie kann sie alles überblicken, was hier geschieht.«

»Aha und warum hat sie sie sich nicht schon längst geholt?«

»Weil ich hier noch wache und bisher konnte sie mich nicht besiegen.«

»Aber jetzt schon«, bemerkte ich.

Er ließ mich los und setzte sich auf eine Wurzel. »Leider

ja. Dieser Wald ist das Einzige, was sie bis jetzt noch nicht zerstört hat.«

Ich zuckte mit den Schultern, winkte ab und sah zu Boden. »Dann dauerts halt nicht mehr lange. Wir können da nichts machen.« Brutus schlug mir auf den Kopf, was sich eher wie eine Tätschelei anfühlte. »Das glaubst du doch nicht wirklich!«

Ich stieß ihn weg. »Doch, das glaube ich. Ihr seid alle verloren. Diese ganze Welt ist verloren und meine auch.« Nun stiegen doch Tränen in mir auf. »All die Welten die wir kennen sind verloren. Genauso verloren wie Ida. Videns ist zu stark. Ich kehre in meine Welt zurück und warte dort auf das Ende. Brutus, ich werde immer an dich denken.« Ohne seine Antwort abzuwarten, löste ich meine Trance und erwachte bei Bernd.

Ich zog hastig diese engen Sachen aus und verschwand, ohne Bernd auch nur zu beachten.

19. Oktober

Eigentlich wollte ich diese Aufzeichnungen nicht weiterführen. Doch irgendetwas in mir treibt mich, weiter zu schreiben.

Ich hatte in den letzten Tagen so gut wie alle Kontakte zu den Hexen und Bernd abgebrochen. Ich wollte nichts mehr mit dieser Sache zu tun haben. Klar war Ida eine Freundin, aber mittlerweile glaubte ich, ist sie verloren und Videns ist nicht mehr aufzuhalten.

Ich ging einkaufen. Natürlich bei »Miris Zauberallerlei«. Als ich den Laden betrat, kam Miri sofort auf mich zu. »Willst du es wirklich so belassen, wie es jetzt ist?«

Ich hatte keine Muße, mit irgendwem darüber zu reden. »Ich brauche ein paar Kräuter, etwas Räuchersand und einige Räucherstäbchen.«

Sie stellte sich mir in den Weg, zwar war sie kleiner und älter als ich, aber sie strahlte eine jugendlich kraftvolle Aura aus. »Du kannst Ida nicht zurücklassen. Keiner hat so viel Erfahrung im Bereich des Seelenflugs und der Trancereise, so wie du.«

Ich spürte wie das Blut in meinen Kopf schoss, ich versuchte meine schwitzigen Hände an meiner Hose zu trocknen. »Hast du was ich brauche, oder muss ich woanders einkaufen?«

Sie ging vorwärts und drängte mich so langsam an die Wand. »Rede mit mir darüber«, verlangte sie.

Ich stieß sie zur Seite, stampfte auf und schrie sie an: »Du hast doch keine Ahnung. Du warst nicht dabei. Wie oft soll ich es denn erklären. Nicht einmal Götter können Videns noch aufhalten. Niemand kann sie aufhalten. Ida ist verloren, nicht zu retten, weg!« Während ich mich in Rage redete, liefen mir ein paar Tränen übers Gesicht. Miri sah mich mitfühlend an und wurde ganz leise. »Du kannst es. Mach es auf deine Weise.«

Ich zermarterte mir den Kopf. »Was soll das heißen, auf meine Weise? Ich habe keine Weise. Ich kann nichts machen.«

Ich zuckte verwirrt zurück, als sie mir mit ihrem Zeigefinger auf die Nase tippte. »Du irrst dich, mein Lieber.«

Ich rannte raus. Ich rannte ziellos umher. Wie kann so ein kleines Gespräch mich derart aus der Fassung bringen? Wie hat Miri das geschafft, meine Abwehr so leicht auszuhebeln?

Nein.

Ich lasse mich nicht verunsichern. Von niemandem.

29. Oktober

Ich schreibe diesen Eintrag, mitten in der Nacht, direkt nach dem Aufwachen.

Ich knie nun schweißgebadet und schwer atmend in meinem Bett. Der Alptraum sitzt mir noch immer in den Knochen:

Ich lief durch einen Wald, er war so dicht, dass ich grad mal einen Meter weit sehen konnte. Ich hörte Brutus Stimme in meinem Kopf. Er rief nach Hilfe. Ich wollte zu ihm, aber ich wusste nicht, in welche Richtung ich musste. So ging ich einfach immer weiter. Ich zwängte mich zwischen Bäumen hindurch, kletterte über Wurzeln und kroch unter Ästen durch. Meine Kleidung riss bei jeder Berührung mit dem Wald ein. Als die Kleidung fort war, riss meine Haut. Dreck bedeckte meinen verletzten Körper, er drang in meine Wunden ein. Ich verlor mein klares Denken. Doch Brutus Stimme trieb mich weiter. Ich rief nach ihm.

Keine Antwort. Ich rief lauter.

Keine Antwort.

Nach einer gefühlten Ewigkeit kam ich an eine Lichtung. Erschöpft kniete ich nieder, mein Brustkorb hob und senkte sich in Rekordzeit. Dann sah ich Brutus auf dem Rücken liegen. Sein Fell lag wie ausgerupft, zwischen verschiedenen kaputten Nüssen, neben ihm. Seine Flügel waren löchrig, wie ein Schweizer Käse.

Ich muss Brutus helfen.

30. Oktober

Der Traum ging mir die ganze restliche Nacht nicht aus dem Kopf. Ich machte mir Sorgen um Brutus. Ich hoffte nicht, dass ihm was passiert war.

Ich verlor keine Zeit, ließ meine gesamte Morgenroutine ausfallen, schnappte mir meine Entenfedern und schloss die Augen.

In der Unteren Welt angekommen, flog ich sofort nach oben, um das Gelände zu überblicken.

Keine Spur von Brutus.

Ich versuchte mich an meinen Traum zu erinnern und sah in der Ferne den Zweigwald. Dort musste er sein.

Also flog ich los, so schnell ich konnte.

Durch das dichte Blätterdach des Waldes konnte ich nichts sehen, also landete ich am Waldrand, um zu Fuß weiter zu suchen.

Mich erschreckte, dass es ähnlich unwegsam wie in meinem Traum war. Die Bäume, das Licht, alles war genauso, wie ich es geträumt hatte. Eine tiefe Angst kroch in mir hoch, doch es ging um Brutus, daher war ich nicht bereit aufzugeben.

In der nächsten Lichtung, sah ich tatsächlich Brutus, aber er war nicht allein.

Videns attackierte ihn mit einem Stakkato aus Zauberenergie, während er im Zickzack rannte. Ich sah, wie er strauchelte und langsamer wurde. Ich rannte sofort los, hob ab, klemmte Videns zwischen meine Beine und flog höher. Erschrocken sah sie zu mir.

»Was wird das, Zaunreiter?«

Ich antwortete nicht. Sie war sehr schwer und zappelte herum. Ich kam nur langsam höher. Ich schwitzte und mein Körper verkrampfte, dennoch flog ich höher und höher.

»Bring mich wieder nach unten oder ich werde dich auf der Stelle vernichten.«. Auf leere Drohungen hörte ich generell nicht und flog weiter. Ich atmete immer schwerer.

Ich war schon mehrere hundert Meter weit oben, als meine Kraft zu schwinden begann. Ich ließ los.

Ich sah nur noch wie sie fiel und immer kleiner wurde. Dann kümmerte ich mich nicht weiter um Videns und flog schleunigst zu Brutus.

Er saß, gelehnt an einen Baum, und aß eine Walnuss.

»Brutus, wie geht es dir? Was war passiert?« Er flatterte auf meine Schulter und aß weiter. »Die böse Hexe, wie ich sie nenne, wollte zum Triplemoonbaum. Ich war ihr wohl im Weg. Danke, dass du gekommen bist. Ich dachte, du hättest deine Freundin aufgegeben.« Ich streichelte ihn. »Habe ich auch, ich bin hier, weil ich einen Traum von dir hatte und wollte dich retten.«

Er versteckte seinen Kopf hinter seinen kleinen Pfoten. »Da werde ich ja ganz rot. Dank dir hat sie übrigens ihr Ziel noch nicht erreicht. Ist sie tot?«

»Ich vermute nicht. Wo sind Cernunnos und Aradia?«

»Ich weiß es nicht, vielleicht hat sie sie erwischt.«

Wir durften nicht hier warten und gingen zum Triplemoonbaum.

Er stand unverändert da, als wären die Welten noch in Ordnung. Wir liefen angestrengt um ihn herum. Brutus sah sie als erstes.

Ein Glück, die Birne war noch da. Ich atmete hörbar, vor Erleichterung, aus.

Ein lauter Schrei.

Als ich mich drehte, riss ich meine Augen weit auf und biss mir auf die Zunge. Brutus lag, wie schon in meinem Traum, mit durchlöcherten Flügeln reglos da. Ich beachtete den Schmerz und das aus meinem Mund laufende Blut nicht, weil mein ganzer Körper vor Wut bebte.

Videns grinste mich breit an. »Komm mir nicht in die Quere, Zaunreiter.« Sie humpelte direkt auf den Triplemoonbaum zu, wahrscheinlich wollte sie zur Birne der Weitsicht. Wie ich es erwartete, bewegten sich die Äste des uralten Baumes, um Videns anzugreifen und sie zu umklammern.

Sie versuchte sich aus der Umklammerung zu befreien, doch die Äste zogen sich immer stärker zusammen. Ich nutzte diese Chance, flog in die Baumkrone und nahm die Birne an mich. Dann flog ich zu Brutus.

Ich ließ die Birne fallen, als ich von den Füßen gerissen wurde und hart aufschlug. Videns kam schnell auf mich zu, mein erster Reflex war, in die Birne zu beißen. Dann schwebte sie in Videns Hand. Essen wollend, biss auch sie hinein. Ich rappelte mich auf und rammte Videns in einem Flugmanöver um, noch bevor sie ein zweites Mal hineinbeißen konnte. Ich spürte eine Faust mein Gesicht zerschmettern. Doch meine Wut war zu stark, so dass mir das egal war. Wie schon zuvor klemmte ich Videns zwischen meine Beine und flog gen Himmel. Ich flog schneller als beim letzten Mal und höher.

»Bring mich wieder runter, du Quälgeist.

Bring mich runter!«, schrie sie mich an.

Ich flog immer höher, diesmal wollte ich sie nicht nur aufhalten. Nein.

Ich wollte diesem ganzen Irrsinn ein Ende machen, ich wollte Gerechtigkeit für Brutus. Sie hatte es verdient zu sterben.

Ich beachtete diese sich windende Dämonen–Hexe zwischen meinen Beinen nicht. Ich konnte kaum sehen, da mein

Gesicht so angeschwollen war, dass es meine Augen einengte und Blut sich mit meinen Tränen mischte. Mein Körper zitterte und meine Beine verkrampften, doch ich flog höher.

Ich flog höher, als die Krone des Weltbaumes ragte.

Das Atmen fiel schwer, ich wurde langsamer. Doch Videns musste sterben, deshalb wollte ich nicht aufhören.

Stirb!!!!

Ich verlor das Bewusstsein.

Irgendwann und irgendwo

Ich fürchtete um mein Augenlicht, denn ich sah nur Dunkelheit.

Ich versuchte zu hören und zu riechen.

Nichts.

Keine Wärme, keine Kälte, ich spürte nicht einmal meinen eigenen Körper.

Bin ich abgestürzt?

Langsam wird dieses Bewusstlos werden zur Gewohnheit.

Dennoch war diese Situation völlig neu für mich.

Mir wurde übel, denn mein Geist drehte sich, er machte Saltos. Es fühlte sich an, als würden alle meine Gedanken in einen Mixer geworfen und mit der Turbotaste zusammengerührt. Ich konnte nichts mehr machen und wartete nur auf das unausweichliche Ende.

Mein Gedankenmix klärte sich langsam.

Es wurde blendend hell, dass ich instinktiv meine Augen schloss.

Als ich sie blinzelnd wieder öffnete, sah ich eine goldene Sonne über einem blauen Himmel, der leicht mit vereinzelten Wolken durchzogen war. Mir war sehr warm. Die Luft roch nach Gräsern. Ich stand auf, hatte guten Halt auf dem festen Boden. Ich fühlte mich gesund, hatte keine Schmerzen.

Ich sah weites Land. Steppe. Eine Büffelherde trabte in der Ferne. Ich nahm Anlauf, sprang und flog hoch.

Vielleicht hatte ich ja von oben noch bessere Sicht, um herauszufinden, wo ich war. Einige Geier kreuzten meinen Flug.

Nach einiger Zeit sah ich in einem Tal eine Ansammlung kleiner Hütten. Sie sahen ähnlich aus wie Indianerzelte. Ich flog runter um zu landen.

Eine ältere Frau, in einem Poncho, schien bereits auf mich zu warten. Sie breitete ihre Arme aus und kam lächelnd auf mich zu.

»Zwitschernder Sperling, sei willkommen.« Ich hielt automatisch meine Flügel schützend vor mich. »Wer sind Sie?«

Sie blieb stehen, legte ihren Kopf schief, so dass ihr geflochtener Zopf an der Seite runterbaumelte. »Ich bin Schnurrende Löwin.«

»Und ich bin Bellender Wolf «, kam eine tiefe Stimme aus der Hütte hinter ihr.

Ich sah an ihr vorbei und ein alter hagerer Mann, ebenfalls einen Poncho tragend und auch mit langem Haar, trat aus der Hütte. Er wirkte genauso freundlich, wie sie. Die Namen kamen mir bekannt vor. »Ich kenne euch, aus Erzählungen. Ihr seid meine Ahnen. Ihr lebtet vor vielen Jahrzehnten.«

»Und sind noch immer existent«, ergänzte Schnurrende Löwin.

Ich hatte noch einige Fragen. »Wo bin ich hier? Warum bin ich hier? Wie bin ich hierhergekommen und wie komme ich wieder weg?«

Sie lachten sich gegenseitig an.

Bellender Wolf erwiderte: »Du hast so viele Fragen. Doch die Antworten musst du selbst finden. Du darfst solange bei uns bleiben wie du möchtest.«

Diese Aussage befriedigte mich in keinster Weise. »Beantwortet einfach meine Fragen«, zischte ich.

»Wo bliebe da der Sinn?«, fragte Schnurrende Löwin fröhlich und ging mit ihrem Begleiter in die Hütte.

Ich folgte ihnen und war erstaunt, wie geräumig es in dieser, so klein wirkenden, Hütte war.

Ich versuchte weiter meine Antworten zu bekommen, aber die zwei waren wie sture Einhörner.

Nächster Tag irgendwo

Ich hatte keine Anhaltspunkte, wo ich war. Auch befürchtete ich jegliches Zeitgefühl verloren zu haben, da die Tage genauso endlos schienen wie die Nächte. Dafür waren die Hektik und Hast der letzten Wochen wie weggeblasen. Die Temperatur schien immer gleich zu sein, bei etwa dreißig Grad. Meine Flügel verschwanden über Nacht, wodurch ich hier nicht wegkam, da diese Siedlung von unwegsamen hohen Bergen umgeben war. Immerhin konnte ich wieder greifen. Ich hatte keinerlei Hunger oder Durst. Alle waren immer sehr freundlich und höflich, behandelten mich wie einen der ihren, auch wenn sie mir immer auswichen, wenn ich eine Frage stellte. Natürlich machte ich mir Sorgen um Brutus und Videns, aber ich musste die Fragen erstmal selbst beantworten. Vielleicht komme ich dadurch hier fort.

Dritter Tag irgendwo

Ich lief soweit ich konnte, außerhalb der Siedlung.

Ich fand nichts, was mir einen Hinweis darauf geben könnte, wo ich war. Also setzte ich mich bequem hin, schloss die Augen und entspannte. Ich atmete langsam und tief ein und aus. Erscheinende Gedanken, über Brutus, über Videns und alles andere, verbannte ich aus meinem Kopf.

Ich wurde leer, dehnte meinen Geist. Ich verließ meinen Körper, sah auf ihn herab. Diese fleischliche Hülle ließ ich zurück und flog, vom Wind getragen, in die Höhe. Ich flog so hoch ich konnte, doch der Himmel schien kein Ende zu besitzen. Über die Berge hinaus, sah ich nichts weiter als die zuvor bekannte Steppe. Selbst als ich weiterflog, nichts als Steppe und irgendwann wieder die Siedlung.

Ich versuchte erneut zu entfliehen, flog wieder unendlich weit hoch, unendlich weit weg. Doch gelangte ich immer wieder zu der Siedlung.

Ich war gefangen.

Ich versuchte es erneut. Unendlich weit hoch und unendlich weit weg, um nur erneut in der Siedlung anzukommen.

Wieder in meinem Körper rannte ich zu den Hütten und ohne langsamer zu werden, trat ich die Tür ein. Ich schrie, war völlig außer mir. »Wo bin ich hier? Warum komme ich hier nicht weg. Lasst mich frei. Jetzt! Jetzt sofort!!!«

Schnurrende Löwin sah mich mitleidig an. »Das kannst nur du. In dir wohnen die Antworten, die Lösung, die du suchst.« Ich trat und schlug gegen die Wand, solche Weisheiten habe ich selbst immer von mir gegeben, aber sie machten mich wahnsinnig. Warum war ich so rasend? Ich erkannte mich selbst nicht mehr. Erst jetzt bemerkte ich, wie blutig meine Hände und Füße waren. Ich sah zu Schnurrende Löwin und Bellender Wolf. »Was ist mit mir passiert, dass ich so bin?«

Schweigen.

Immer dieses Schweigen und keine Antworten. »So antwortet mir doch. Helft mir wenigstens ein kleines bisschen. Bitte.« Bellender Wolf signalisierte mir, ich solle mich setzen. »Wie fühlst du dich?«

»Wie soll ich mich schon fühlen? Ich bin wütend, zornig …«, ich nahm einen tiefen Atemzug, » … frustriert, traurig, ängstlich, ach ich weiß doch auch nicht.«

»Warum?«

»Warum? Das ist doch offensichtlich.«

»Erklär es mir.«

Schnaufend tat ich, worum er bat. »Eine Freundin …Ida, hat sich dem Bösen zugewandt, ich kann sie nicht retten und sie hat meinem besten Freund, meinem Krafttier, Schaden zugefügt. Ich weiß nicht ob er …«, ich sprang auf, »ich wollte sie umbringen, das hatte sie verdient.«

»Wolltest du sie nicht retten?«

»Das kann ich nicht, ich hab's versucht. Alles Gute ist aus ihr verschwunden. Alles Gute ist weg.«

»Du glaubst nicht mehr an das Gute und dass das Gute gewinnen kann?«

Jetzt verstand ich. »Ich habe den Glauben verloren.«

»Deswegen bist du hier. Jetzt geh und ruh dich etwas aus.«

Ich befolgte seinen Rat.

Vierter Tag irgendwo

Ich wusste nun, dass ich hier war, weil ich meinen Glauben an das Gute verloren hatte, aber wo war ich? Komme ich hier weg, wenn ich den Glauben wiedergefunden habe? Finde ich ihn überhaupt?

Ausgeruht traf ich mich mit Schnurrende Löwin. Während unseres Spazierganges fragte ich sie: »Wie kann ich den Glauben wiederfinden?«

»Gar nicht. Du hast ihn verloren und wirst ihn nicht wiederfinden.«

Eine Beklommenheit durchflutete mich, ich schlussfolgerte betrübt: »Also bin ich hier zur Strafe.«

»Du ziehst die falschen Schlüsse.«

Das verstand ich nicht und so gingen wir schweigend weiter nebeneinander her.

Wenn das, weswegen ich hier bin, eingetroffen ist, komme ich vermutlich hier weg, aber wenn es nicht der Glaube daran ist, dass alles gut wird, was ist es dann?

Also brach ich das Schweigen. »Bitte, hilf mir die richtigen Schlüsse zu ziehen.«

»Du musst einfach nur alle deine Fähigkeiten nutzen. Was tatest du bevor du Videns töten wolltest?«

»Ich wollte die Birne der Weitsicht vor Videns verstecken.«

»Hast du das geschafft?«

»Das ist doch überhaupt nicht wichtig.« Sie sah mich streng an. »Alles was hier geschieht, ist wichtig.«

Das ganze Gespräch pflanzte ein unangenehm schweres Gefühl in mich.

»Nein, habe ich nicht. So, bist du jetzt zufrieden? Ich habe auch dabei versagt.« Sie ging etwas abseits und hob einen

Stock auf. »Nein, ich bin nicht zufrieden.« Jetzt schlug sie mir, mit dem Stock auf den Kopf.

»Holzkopf, die Unterhaltung ist beendet.«

»He, bleib stehen. Warum gehst du zurück?«

»Holzkopf !«.

Warum können diese alten Schamanen nicht einfach Klartext reden?

Nun allein, auf dem Rückweg, dachte ich darüber nach, was ich tat, bevor ich Videns töten wollte.

Fünfter Tag irgendwo

Manchmal fallen mir Dinge ein, wenn ich nicht darüber nachdenke, so geschah es über Nacht. Mir fiel ein, was ich tat, bevor ich mit Videns in die Höhe stieg.

Ich aß ein Stück von der Birne der Weitsicht. Schnurrende Löwin kann nur das gemeint haben, aber was kann das für Auswirkungen gehabt haben? Schließlich war das nur ein Bissen.

Also ging ich schnurstracks zu Schnurrende Löwin. »Jetzt weiß ich es! Ich aß ein Stück von der Birne der Weitsicht, aber ich weiß nicht, was das bedeuten soll.«

»Es bedeutet, dass du sehen kannst, warum du hier bist. Du musst dich dem stellen.«

Ich kam näher, packte sie an den Armen und sah ihr eindringlich in die Augen. »Wie?« Sie zeigte auf die Spitze des höchsten Berges.

»Klettere und fang die Sonne.«

Ich sah verwirrt hin und her. »Die Sonne fangen?«

Sie nickte. »Du musst es morgen tun, wenn die Sonne am höchsten steht.«

»Warum morgen und nicht ein anderer Tag?«

Schulterzuckend antwortete sie: »Frag den Berg.«

Wahrscheinlich müssen weise Menschen solche unklaren Antworten geben, um als schlau zu wirken. Ich wusste, dass ich keine bessere Antwort bekommen würde. Dennoch fragte ich nach. »Was soll das schon wieder heißen?«

»Frag den Berg.«

Sechster Tag irgendwo

Ich stand früher auf als sonst, richtete mich geschwind und ging zum Fuße des höchsten Berges. Sie nennen ihn den Himmelsberg.

Ich schluckte, als ich nach oben sah.

Der Himmelsberg war so hoch, dass ich den Gipfel nicht sehen konnte und er war sehr steil, ging fast senkrecht nach oben. Wolken hingen etwa auf der Hälfte des Berges vermutete ich. Ich berührte ihn, seine Oberfläche war glatt und kalt.

Ich fragte mich, wie ich ohne Kletterausrüstung da hochkommen sollte.

Ich ging am Fuße des Berges entlang, um nach einem Anfang zu suchen, irgendetwas, woran ich mich festhalten konnte. Ich fand nichts, also versuchte ich mich irgendwie festzukrallen, rutschte aber immer wieder an der glatten Oberfläche ab. »So wird das nie was, verdammter Berg!«, schrie ich und fiel auf die Knie. Meine Faust traf den Boden so heftig, dass ich glaubte, meine Finger würden bersten.

Ich sah einen etwa handgroßen Stein im Berg, knapp oberhalb des Bodens, stecken. Als ich ihn mit Mühe rauszog und schweratmend betrachtete, sah ich, dass er angespitzt war. Also nutzte ich diesen Stein, um mir Löcher in den Berg zu schlagen. Immer zwei nebeneinander, so dass ich mit meinen Händen reingreifen und mit den Füßen reinsteigen konnte. So schaffte ich mir, während des Kletterns, meine Steiglöcher, durch die ich hochklettern konnte. Ich wackelte stark und das Schlagen der Löcher trieb mir den Schweiß über die Stirn. Dennoch kam ich voran. Meter für Meter. Die Sonne war bereits aufgegangen und ich hatte nicht mehr viel Zeit.

Schwer atmend und fast am Ziel, etwa auf Höhe der Wolken, sah ich meinen Stein hinabfallen. Meine Hand hörte auf zu krampfen, doch es war zu spät. Der Stein war fort.

Ich suchte, über mir, verzweifelt nach einer weiteren Haltemöglichkeit. Da war nichts, nur die übliche glatte Oberfläche des Berges. Nun hing ich hier unendlich weit über dem Boden, ohne Sicherung und ohne eine Möglichkeit voran zu kommen. Meine kraftlos werdenden Beine und Arme zitterten, meine Finger rutschten langsam aus den Haltelöchern.

Halte durch! Klettere weiter, du hast es fast geschafft. Diese Stimme, ich hatte sie so oft in letzter Zeit gehört, aber nicht so sanft und freundlich.

Hab Mut, nur weiter. Wir machen das zusammen. Du bist nicht allein.

Diese Worte sagte ich damals zu Ida und ich werde diese Worte genau so ernst nehmen, wie sie einst. Ich zog Energie aus ihrer Stimme, ich zog Energie aus dem Berg und sammelte sie. Dann schlug ich mit meinen Händen weitere Mulden in den Berg und machte mich weiter auf zum Gipfel.

Endlich, auf der Spitze des Berges angelangt, lag ich auf den Rücken und atmete schwer wie noch nie zuvor, während mein Schweiß den Boden tränkte. Doch ich war noch nicht fertig.

Nach einigen Minuten des Erholens stand ich auf. Die Sonne war nun auf ihrem höchsten Stand. Ich hob meine Arme ihr entgegen, fühlte ihre Wärme und ihr Licht in meinen Handflächen. Ich nahm sie in mich auf, wurde geblendet und verbrannte.

Die Szenerie war eigenartig, wirkte surreal und doch war es ein normaler Stammtisch in »Zur legenden Henne«. Ich trank von meinem Wasser, als Ida gerade einen kleinen Vortrag über Freundschaft hielt:

»Durch euch und damit meine ich nicht nur den besten He-

xenzirkel der Welt, sondern alle hier am Tisch, und dem was ihr für mich getan habt, weiß ich was Freundschaft ist. Ihr wart immer für mich da, selbst in meiner dunkelsten Stunde und ihr habt mich niemals aufgeben. Ihr seid meine Familie.« Sie hob ihr Glas und sah mich dankbar an. »Auf euch.« Wir hatten einen sehr fröhlichen und lustigen Abend. Als ich kurz ins Bad ging, sah ich auf dem dort hängenden Kalender das Datum.

Es war der 15. Dezember 2020.

Siebter Tag irgendwo

Ich erwachte, wie schon unzählige Male zuvor, in dieser Geschichte. Schnurrende Löwin und bellender Wolf standen an meinem Bett. Sie sahen erleichtert aus, als wären zwei riesige Felsbrocken von ihren Herzen gefallen. »Was hast du gesehen, Zwitschernder Sperling?«

Ich schüttelte kurz meinen Kopf um klar zu werden. »Die Zukunft. Ich weiß jetzt, dass das Gute siegen wird, dass es das Gute noch gibt und ich werde dafür kämpfen. Ich muss zurück zu Ida und sie befreien. Bitte schickt mich zurück.«

Bellender Hund ging auf mich ein: »Das können wir nicht. Nur du kannst das. Doch dafür musst du erst herausfinden wo du bist.« »Ihr könntet mir auch einfach sagen wo ich bin.«

Schnurrende Löwin grinste breit. »Wo bliebe dann der Spaß?«

Achter Tag irgendwo

Eine ewig während Woche war ich jetzt schon hier. Doch nichts schien zu altern, mein Bart wuchs nicht, meine Haare hatten immer die gleiche Länge, auch die Pflanzen wuchsen nicht oder welkten. Daher konnte ich weder in der materiellen Welt noch in den Anderswelten sein, denn in diesen existiert die Zeit. Aber warum gab es hier dann Tag und Nacht?

Ich lief durch diese Welt und sah mir alles genau an.

Irgendwie kam mir das auch alles bekannt vor, doch erst durch meine genaue Beobachtung, fiel es mir wie Schuppen von den Augen.

Hier wuchsen genau dieselben Wildpflanzen, wie damals im Garten meiner Großeltern. Brennnesseln, Löwenzahn, Frauenmantel, Liebstöckel und noch mehr. Die Bäume hatten große Ähnlichkeit mit den Fichten nahe meines Tempels und die Hütten sahen genauso aus, wie ich sie mir als Kind immer vorgestellt hatte, als meine Eltern mir Geschichten über die Ahnen erzählten.

»Bin ich …? Aber, wie kann ich …?«

Wieder in der Siedlung, wollte ich Schnurrende Löwin und Bellender Wolf zur Rede stellen. »Ich hätte mir gewünscht, dass ihr mir sagt, dass ich in meinem Kopf bin. Das alles hier existiert nur in meiner Vorstellung.«

Schnurrende Löwin erhob zuerst das Wort. »Die gesamte Magie fußt auf Vorstellungskraft, sie ist Imagination.« Bellender Wolf fügte hinzu: »Das alles, auch wir, mag in deinen Gedanken sein. Dennoch ist dies reinste Magie und daher genauso wirklich, wie jeder Ottonormalzauber in der materiellen Welt.«

Schnurrende Löwin ergänzte: »Wenn du das erkannt und

verinnerlicht hast, besitzt du die Kraft, Videns aufzuhalten und deine Freundin zu retten.«

Ich nickte intensiv. »Ihr habt recht, ich habe diese Magie in mir. Ich habe euch in mir und somit immer dabei.«

Wieder sprach Bellender Wolf: »Nutze die Macht deiner Ahnen!«

Schnurrende Löwin erwiderte noch: »Die Zeit ist nun gekommen. Der Tag, an dem der Schleier zwischen den Welten nur hauchdünn ist, ist gekommen. Nur an diesem Tag kannst du Ida in eure Welt holen.«

Ok, das wollte ich versuchen. Also setzte ich mich bequem hin, aber ließ die Augen offen. Alle Gedanken schob ich beiseite, konzentrierte mich auf alle meine Sinne. Die Geräusche der raschelnden Blätter, die Worte der Ahnen drangen in meine Ohren. Der liebliche Geruch der Blüten drang in meine Nase. Ich sah die bunte Vielfalt der Menschen und der Natur, spürte die Wärme auf meiner Haut. Ich schmeckte sogar diesen Ort, er war so magisch, so real. Meine Wahrnehmung veränderte sich, diese Reize kamen nicht mehr von außen, sondern nun aus meinem Inneren. Mein Bewusstsein breitete sich aus und ich wurde eins mit allem hier.

Ich erwachte.

Wieder in den Anderswelten

Mich zu orientieren, fiel mir schwer. Ich blickte umher und sah die graue Düsternis, welche die derzeitige Normalität darstellte. Wieder mit Flügeln ausgestattet, startete ich nach oben. Ich kam kaum zwei Meter weit, da spürte ich ein Brennen in meinen Flügeln und stürzte ab. Als ich mein schmerzendes Gefieder sah, erschrak ich, da es angebrannt war.

»Es wird Zeit, dass du bezahlst, Zaunreiter.« Ich drehte mich um und sah Videns wütend auf mich zu humpeln. »Du hast wohl schon einiges abgekriegt, Dämon.«

Wenn ihr Blick hätte töten können, ich wäre auf der Stelle gestorben. »Schweig, du lästige Plage.«

Ich sah in ihre orangenen Augen. »Ida, ich weiß, dass du mich hören kannst. Wehre dich gegen diesen Unhold. Das bist nicht du.« Ein verzerrtes Grinsen legte ihre scharfen Zähne frei. »Du Narr! Ida ist schon lange tot.«

Wir gingen im Kreis, jeweils den Gegner abschätzend. »Ich glaube dir kein einziges Wort. Ich habe dir das Tagebuch gebracht.« Sie holte es aus einer Tasche ihres Gewands und hielt es hoch. »Sicher hast du vergessen, dass ich bereits jedes Wort daraus entfernt habe, es ist ohne Bedeutung und voller leerer Seiten.« Sie steckte es wieder ein.

»Mach dich bereit. Ich werde euch zwei trennen und Ida zurückholen!«

»Warum labern wir dann hier noch rum? Komm und hol mich, wenn du dich traust.« Ich schloss die Augen, erweiterte mein Sein. Als ich die Augen öffnete, sah ich wie Videns erstaunt dreinsah, als sie bemerkte, dass ich nicht allein war. Um mich herum standen nun mehrere Schamanen, unter ihnen auch Schnurrende Löwin und Bellender Wolf. Videns fauchte. »Glaubst du das ändert was? Ooh nein. Du kannst mich nicht schlagen.«

»Wie du siehst bin ich nicht allein. Die Ahnen und ich werden dich vertreiben.« Sie ging in gebeugte Angriffsposition und hob bedrohlich die Arme. »Versuchts doch!« Die Ahnen und ich fassten uns an den Händen, ich spürte ihre Kraft, wir verbanden unsere Seelen zu einer, dann verbanden wir uns mit den Anderswelten. Sie waren bereits stark beschädigt, doch es musste reichen.

Videns sandte eine riesige Welle magischer Energie auf uns zu.

Ich strauchelte, doch hielt stand.

Die zweite Welle riss mich fast von den Füßen. Wir nutzten nun all unsere Macht und öffneten ein Portal hinter Videns.

Das Portal hatte eine Sogwirkung, aber Videns war zu stark. Sie wurde zwar angesogen, dennoch blieb sie an Ort und Stelle stehen.

Anstatt hineingezogen zu werden, kam sie sogar auf uns zu. »Ist das alles? Ist das wirklich alles?«

Wir stießen sie zurück, aber sie blockte alle Angriffe ab. Wir verloren langsam an Kraft, das Portal wurde kleiner. Immer stärker stießen wir gegen Videns, sie hielt die Arme schützend vor sich und hielt immer noch stand. Nur noch wenige Augenblicke bis das Portal verschwand und dann hatte Videns gewonnen.

Ich weiß, das Gute wird siegen.

Ich nahm mit letzter magischer Kraft ihr Tagebuch aus ihrem Gewand und schleuderte es in Richtung des Portals. Videns riss die Augen auf, rief: »Nein!«, gab die Deckung auf, drehte sich und fing ihr Tagebuch gerade noch.

Ein letzter Stoß.

Sie flog durch das Portal. Endlich, geschafft.

Ich sackte ermüdet und entkräftet zusammen. Die Ahnen waren fort.

Pflanzen sprossen, der Himmel wurde blauer, heller. Die Luft roch reiner. Dennoch würde es einige Zeit dauern bis die Anderswelten wieder so waren wie früher.

02. November

Ich erwachte Mitternacht aus meiner Trance und war erleichtert. Dann machte ich mir zufrieden einen Tee.

Es wäre fast gescheitert. Doch es ging nochmal alles gut.

Sobald die Sonne aufgeht, werde ich zu Ida und den anderen gehen. Sie braucht sicherlich Hilfe, das alles zu verarbeiten.

03. November

Ich suchte nach Ida. Sie war weder bei ihrem Hexenzirkel noch in »Miris Zauberallerlei«. Bernd öffnete mir nicht einmal die Tür.

Was sollte ich tun? Es hätte funktioniert haben müssen.

Ich setzte mich in den Schneidersitz und ließ meine Seele fliegen. Ich flog überall hin, ich rief gedanklich nach Ida, doch sie antwortete nicht. Auch Gundula hatte keinen Erfolg, Ida mental zu erreichen. Die Hexen suchten sogar in ihrem Kraftstrom, auch dort war sie nicht. Ich versuchte es sogar auf weltlichen Kanälen, telefonierte mit Krankenhäusern und Polizeiämtern, aber alles ergebnislos.

Das konnte doch nicht sein, hatte ich wirklich versagt?

Sie konnte nur noch irgendwo in den Anderswelten sein.

Ich führte noch einmal eine Trancereise durch.

Kaum angekommen, flog Brutus direkt auf mich zu, um mich herum und setzte sich, wie er es gerne tat, auf meine Schulter. »Hallo Sperli, hallo Sperli.«

»Schön, dass es dir wieder besser geht. Ist Videns hier wieder aufgetaucht?«

»Nein, nein. Du hast sie ja fortgeschickt.«

»Nur wohin?«

»Wohin? Ist deine Freundin jetzt nicht mehr bei dir?«

»Eben nicht, irgendwas ist schiefgelaufen.«

»Oh, das tut mir sehr sehr leid für dich. Möchtest du eine Trostnuss?« Er hielt mir eine riesige Mandel hin. Ich schmunzelte, aber lehnte ab. So führte ich auch hier noch Seelenflüge durch, aber auch nichts.

Sie war nirgends zu finden. Ich beendete die Trance.

Sie ist weg. Einfach weg.

»VERDAMMT!«

Ich hatte doch die Zukunft gesehen. Alles eine Lüge. Alles Lüge. Mein Kopf, die Ahnen …

…haben mich reingelegt.

Ich wurde getäuscht und habe versagt.

Demnächst folgt:

01. Tag

Ich habe keine Ahnung wer, wo und wann ich bin. Es ist kalt und ich bin zu spärlich angezogen für diese kalte Jahreszeit. Ich kann, durch die vielen Bäume, nichts sehen, da es stark schneit. Ich weiß noch nicht einmal woher ich dieses kleine leere Buch habe, so schreibe ich alles hinein. Vielleicht hilft mir ja das Schreiben, meine Erinnerungen wieder zu erlangen.

Ich befand mich also offensichtlich in einem Wald. Ein Ende war leider nirgends zu sehen, deshalb ging ich einfach in irgendeine Richtung. Doch es veränderte sich nichts, weiterhin überall Bäume, mit Wurzeln die aus der Erde ragten. Ich musste teilweise über sie klettern oder springen. Manchmal duckte ich mich sogar unter tiefliegenden Ästen durch. Ich zitterte immer mehr und meine Zehen wurden langsam taub. Deshalb suchte ich hastig nach eine Art Unterschlupf. Diesen fand ich dann auch in Form einer kleinen Höhle. Obwohl ich nun Schutz vor dem Schneetreiben hatte, fror ich immer mehr. So suchte ich Holz, ich hatte Mühe, es zu sammeln, da ich meine Finger kaum bewegen konnte. Dennoch krampfte ich mir Holz zusammen und trug es, steifgefroren, in meine Höhle.

Und nun? dachte ich. *Jetzt hast du immer noch kein Feuer, du dumme Gans.*
Ich erschrak, dass ich sowas dachte. Dennoch brauchte ich Feuer, doch woher? Ich hatte nichts um ein Feuer anzuzünden, schon gar nicht bei dem nassen Holz. Also fügte

ich mich meinem Schicksal und war bereit, für die sanfte Umarmung des Kältetods. Zumindest sollten meine letzten Gedanken schöne sein und so schloss ich die Augen und stellte mir vor, mein Holz würde brennen. Diese Gedanken wärmten mich zutiefst, selbst meine Zehen hatten wieder Gefühl. Sogar das imaginäre Knistern des Feuers konnte ich hören. Ich war zufrieden, so in den Tod gehen zu können.

Nach einer Weile, des stillen Ausharrens öffnete ich die Augen. Ich zuckte augenblicklich zurück, als ich die lodernden Flammen vor mir sah. Keine Ahnung, wieso das Holz brannte, aber ein inneres Gefühl der Zufriedenheit durchflutete mich und ich schlief wohlig ein.

Hallo lieber Leser,

möchtest du noch mehr Geschichten lesen? **Kostenlose Interviews mit meinen Romanfiguren** gibt es nach der Anmeldung bei meinen wöchentlichen Briefenten-News.

Scan einfach kurz den **Barcode** und melde dich an.

Alternativ gib diesen Link in deinem Browser ein:

https://seu2.cleverreach.com/f/280128- 278761/

Vorgängerband:

ISBN-Print: 9783756817160

ISBN-E-Book: 9783756871353

Auch vom Autor:

ISBN-E-Book: 9783755780151

ISBN-E-Book: 9783756227808

Über den Autor:

Stefan Hagedorn ist Jahrgang 1989 und kommt aus dem schönen Thüringen.

Er las schon immer gern, und hat in sei- ner zweijährigen Elternzeit das Schreiben für sich entdeckt.

Die Ideen für seine Geschichten kommen durch seine Erfahrungen mit verschiedensten Menschen, die er kennengelernt hatte.

Eins hatten ihn diese Erfahrungen gelehrt, was er auch immer in seinen Büchern wiedergibt: Zusammenhalt.

So startete er mit «Diesseits der Magie 1

– Idas Tagebuch» seine schriftstellerische Laufbahn und es werden noch viel mehr Bücher folgen.